청어詩人選 382

고요에
닻을
내리고

강대영 시집

청어

고요에 닻을 내리고

강대영 시집

시인의 말

꿈과 현실 무대와 거리
물결과 파도 행간과 행간
그 간극에 갇혀
자꾸만 얼굴이 비어가는 가면

나는 서둘러 피난처를
나만의 방주를 만들어야 했으므로
여기 한 권의 시집을 엮어 강물에 띄운다

나날의 사유는 햇살의 날갯짓처럼
바다의 눈깜빡임처럼 느리게
느리게 내 시에 바람을 더했다
그것은 아픔, 기쁨, 고독, 사랑이라는 이름으로
내 삶을 수식하며 함께 흔들려왔다

새벽에 홀로 깨어 시를 쓰도록 이끈
그 모든 사건과 인연에게 고마움을 전한다

이제 나는 내 고요에 닻을 내린다
바람은 여기서 불어 나갈 것이다

-강대영

차례

2부 갈 길이 먼 달그림자

3부 분장사가 갖춰야 할 덕목

1부

눈꺼풀에 매달린 주마등

막이 내리고
다 비우지 못한 술병처럼
삶의 수평선 위에서 취한 별 하나
어디선가 소리 없이 우는 한 사람

홀로 추는 탈춤

오만가지 탈을 쓰고
춤을 춘다

진짜 얼굴은
바깥에 있을까 안쪽에 있을까?
기쁨과 슬픔은 하나의 얼굴일까?

거짓 웃음과
웃음의 거짓
춤으로 뒤섞인다
히죽히죽 떠돈다

탈 속의 일그러진 얼굴들
인파 사이로 해는 저물었건만
세상 밖으로 노을은 곱게 타고
철 지난 허수아비 황망히 웃는다

이제 부릅뜬 달빛이 탈을 비춘다
지척의 무덤으로 나를 데려가다오
탈 안에 고인 눈물이 마르면 나는 다시
잃어버린 내 얼굴을 찾아 나선다

가을이 오면

가슴 빈 곳마다
새로운 추억을 만든다

가을이 오면
눈물짓던 청춘도 야속한 사랑도
철든 추억으로 쌓인다

가을이 오면
움푹 파인 눈가 주름에서 낙엽이 타는지
매캐한 그리움이 살아온 날을 깜빡이며
눈시울을 적신다
그리운 얼굴이여

하지만 버리지 말자
내 추억도 불어온 바람도
이 가을비도 모두 새로운 추억이 된다

종착역에서

누구에게나 꽃피는 계절은 온다
또 서러운 겨울도

영원히 머무는 것은 없다
만남의 발걸음은 꽃잎처럼 오고
헤어짐의 발걸음은 낙엽처럼 갔다

가야지
아무렴, 정말 가야지

내 삶의 뒷자리에 앉아 생각한다
생각할수록 불가사의한 인생이다
서글프고 허무한 세상이지만
술의 쓴맛과 단맛처럼
기뻐도 슬퍼도 술잔을 들고
다시 한번 삶의 의미를 맛보고 싶다

술은 눈물 자국 씻겨주려고
강은 비를 감싸려고 흘러간다

이파리 하나

길을 헤맨다
시끄러운 길 위에 나를 맡기고
다시 다른 길을 돌아서 간들
나는 여기 있다

바람도 낙엽도 없는 가을
나는 천천히 한 잎의 촛불을 심는다
아플 시간도 없이 살아온 날들
가을 앞에 서면 나는 추억 속에
밤낮을 모르고 흔들리고 있을까

가을로 깊어가는 길가
아직 떨어지지 않고 나부끼는
이파리 하나

씨앗 하나

제 무게로 버티던 길
지나온 삶의 길
남겨둔 추억들 모두
마음속에 떨구니
인생길 빈 하늘
멀어져 갑니다

사람과 일 사이
술잔을 부딪치며
몸부림치던 나날이
그리움으로 뭉쳐 쌓여가고
하루에 몇 번이고 쌓이고 또 흩어지는
지난 추억들이 타고
타들어 간다

청춘을 떨구고 간 언덕엔
씨앗 하나 남기고 싶다
아직도 멀고 먼 인생길
나를 다 보여 줄 수 있을까
내 가슴 열면 단단한 진실 하나
두근거리며 박혀 있을까
어두운 구름 뒤에 감춰진
태양처럼

잊지 말자
숨 가쁘게 살아온 일상
헐떡임과 한숨조차
내 삶의 한 조각이었음을

삶이라는 무대에서

진실과 거짓은
화려한 분장 뒤로 숨는다
내가 아는 사실 하나
나는 나를 모른다는 것

삶이라는 무대에서
절망과 희망은
한바탕 황홀한 축제였다

막이 내리고
다 비우지 못한 술병처럼
삶의 수평선 위에서 취한 별 하나
어디선가 소리 없이 우는 한 사람

나 여기 있어요

밝은 조명을 찾아 나서니
내 그림자만 나를 반긴다

새벽을 마중하며

밤보다 깊게 생각하면
내 삶이 별처럼 빛날까
구름에게 비에게 바람에게 물어도
답은 없다 그저
따라오라는 흰 손짓뿐

밤새 빗소리에 뒤척였지만
가을인가 싶어 새벽녘 새소리에
귀를 씻는다

벽보다 단단해지면
내 삶에 한 폭의 그림을 걸어둘 수 있을까
텅 빈 속을 보이기가 두려워
튀어나온 못처럼
거짓에 독해져야 했다

내가 걸어둔 마음은
어젯밤 길을 나섰다
나는 창문을 열어
새벽을 마중한다

자화상

인생 중반을 넘어서니
낯짝이 두꺼워졌나 보다

아직은 젊다고 부끄러운 얼굴이 아니라고
고개를 빳빳이 세워보니
세월 따라 흘러온 풍파가 적나라하다
생기를 잃은 벗들과 빛바랜 추억을 마시면서
행복이 가난이라고 우겨댄다

인생은 짧고 예술은 길다지만
이제야 철들어 다시 보는 자화상에는
늙어가며 정든 길이 주름으로 서려 있다
그리고 그 길을 비추는
소년의 두 눈이 보인다

인생은 그리움으로 자란다지만
조금 더 긴긴 시간의
기다림이 필요하나보다

다시 보는 자화상

텅 빈 속을 내보이기 두려워
분장으로 포장했는지도 모른다

얼굴, 얼굴들… 문지르고 닦고
수염처럼 빼곡한 진심을 심어온 나날이
빠짐없이 되살아난다
함께했던 귀한 얼굴들
각종 도구와 재료들을 보면
사랑하는 추억들이 활짝 웃는다

무대에서 생명을 얻은 얼굴들이
내 얼굴인 것처럼 행복했다
그리고 분장 아래 내 얼굴도
세월에 덮이고 씻기고 지워져 간 시간만큼
흐렸다, 맑았다… 이토록 억세게 살아왔구나

분장할 필요 없는 친구들과
밀렸던 추억을 술잔에 담아 비우니
말간 얼굴로 새벽이 찾아온다

보고 싶은 사람이 있다는 것은
-LA 간이역

보고 싶은 사람이 있다는 것은
내 마음에 간이역을 만드는 일

인생이란
보아도 못 본 척
들어도 못 들은 척
무수한 역을 지나치는 일이지만
보고 싶은 사람이 있다는 것은
그 사람을 위한 간이역을 만드는 일

하늘길 바닷길
가난한 사랑의 길을 따라
가을바람이 씨앗을 실어 나르듯
봄바람이 잠든 꽃을 깨우듯
간이역은 사랑을 틔우는 곳

보고 싶은 사람이 있다는 것은
당신이 그렇게 떠나갔듯
내가 이렇게 떠나왔듯
누구도 기다리지 않고
어떤 시간도 멈추지 않는
삶의 가장자리를 에둘러가는 일

눈꺼풀에 매달린 주마등
-LA 방

꽃 한 송이
흙으로 돌아가듯
추억 없는 사람 어디 있고
생사를 안 넘어 본 사람 어디 있나

무대에 핀 배역 하나
극장 밖으로 돌아가듯
분주히 분장하며 살아온 생
이 또한 지나가리라

해와 별과 달은 어떤가
인간들만 태어남과 죽음 사이에 매달려
다시 돌아올 수 없는 길을 헤매다
지나갈 뿐이다

잠 못 이루는 밤
내 눈꺼풀에 매달린 주마등 하나
세상만사 다 지나간다

내일은 어떻게 오는가

사는 일이 버겁더라도
빈 꽃병에 그대의 사연을 담으리라

황혼이 비추는 샘터에서
밤하늘 빛나는 별에게
그대의 행복을 빌었지

하늘이 비를 내릴 때
그대는 내 가슴에 머물고
나는 물 아래 돌이 되었지
꽃을 사랑하는 그대의 마음
나는 알 수 없었지만 애타는 설렘으로
그대를 닮은 꽃을 찾아 나서리

진실한 사랑을 해본 적 없는 곳
너와 나 그리고 우리가 사는 도시
무거운 고요와 짙은 침묵을 덮은 방 한구석
어떻게 오는 걸까 까마득한 내일은
무엇으로 움직일까 이 고독은

새벽

창가로 꽃병을 옮기는

창백한 손 하나

나 홀로 광화문 연가

방황했다
예술의 전당을
광화문 세종문화회관을
돌고 또 돌았다
대학로 텅 빈 극장가를
누가 볼까
고개를 꺾고 걷는 발걸음이
서럽고 서러웠다
코로나가 휩쓸고 간 자국들
무대에서 울고 웃던 얼굴들
객석의 탄성과 박수갈채
다 어디로 숨었나

모두 떠난 자리에
나 홀로 우두커니 서서
보고싶다 보고싶다 보고싶다…
꽃이 지기 전에

오늘만큼은 기대를 접고

기다림이란
언젠가 만날 수 있다는 기대

오늘은 만남의 기대를 접고
술에 기대어 헛헛한 가슴을 쓸어내린다

이제는 아득한 미소
사람들 사랑들 모두 떠나고
홀로 남아 내 가슴을 두드리는 심장아

피가 맺혀도 내 가슴의 피
만나지 못해도 내 기대의 철회

언젠가 내 가슴 두드릴 사람을 위해
오늘은 내 마음의 녹을 씻어내린다

하늘정원에 봄이 오면

봄이 오면
터줏대감 소나무
철쭉 장미꽃과 풀잎들
달빛과 이슬과 바람이
함께 마술을 부려
자기만의 색깔로 물든다

봄 여름 가을 겨울
이 덩치 큰 친구들도
기쁨보다는 아픔이 남는데도
결국 예쁜 꽃을 피우는 데 힘을 보탠다

고유한 세월을 담은 빛깔을
한 아름씩 가슴에 피워낸다
뒤따라오던 다른 친구들도
한 몸이 되어 봄날 잔치를 벌인다

참새도 까치도 비둘기도
하늘정원 가족들과 친해져
잠깐잠깐 놀다 간다

나무와 꽃들은 제 공간을 내어주고
서로 상처 주지 않고 등을 맞대고 살아가니
참으로 고맙다

하늘정원 친구들이
빛나는 매듭으로 이어지고
이어지면서 끊임없이
봄을 이야기했으면
노래가 되었으면
약속이 되었되어
오고가는 계절을 노래했으면 좋겠다

낯선 친구

어느 날
얼굴 모르는
친구가 찾아왔다

방 안은
조용하고
사물들은
움직임이 없고
내 눈치만 본다

약속된 시간
보고 싶은 사람들
방 안에 갇혀
함께 뒹군다
과거도 현재도 미래도
방에서 나와 함께
꿈을 꾸고 있다

생명줄인 술도
담배도 음식도
나를 원망스레
쳐다볼 뿐이다

나는 기억한다
사람이 사람을
만나야 한다는 사실을

일주일이다
얼굴 모를 친구가
인사도 없이 사라졌다

내가 가장 행복할 때

작품을 읽을 때
얼굴과 얼굴들을 분장할 때
분장한 배우들이 무대에서 연기할 때
관객들이 박수를 보낼 때
나는 가장 행복하다

그리고 이 모든 일들이
인생이라는 작품에서
다시 환하게 밑줄 그어질 때
나는 다시 행복하다

철없는 사람

사람이 그리워
잠 못 이룬 밤이 있는가
사람이 그리워
반쪽 된 달을 보고 서글퍼 한 적 있는가
사람이 그리워
수많은 별을 헤아려 본 적 있는가
사람이 그리워
사랑이 그리워
고독을 끌어안고
울어 본 적 있는가
사람이 그리워
가는 세월을 붙잡고 한탄한 적 있는가
사람이 그리워
사람 뒤에 숨어서 나 여기에 잠드네

그냥 웃어라

오늘 밤엔
푸짐히 쏟아지는 달빛과
소주 한잔에 추운 속을 달랜다

흰 머리 주름진 얼굴 위로
지난 추억들 가득하다
돌아갈 길마저 끊어진 하늘 한쪽 끝
기우뚱 흔들린다

외로움이란
갈 길 멀어 허덕이는 파도처럼
끝없이 밀려오고
또 밀려가는 희망인가

이제 훌훌 벗어 놓고
갈 때가 되었으니
사랑이란 말의 의미를 알 수 있을까

어느새
달이 희미해져 가는데
바람만 나를 흔들고 있구나
세월이 흘러가니

허공을 바라보며
껄껄 웃는다

달도 웃는다
떠도는 나그네여
그래, 그냥 웃어라

잠시만 함께 돌아보자

고양이 발걸음으로 오는 햇살에
나비 날갯짓으로 속삭이는 바람에
연둣빛 모자 들어 인사하는 새싹이여
너도 뒤돌아볼 때가 있는지

기다리는 것은 더디 오고
떠나는 것은 잘도 떠난다

뜨겁게 살아낸 세월은 어느새
다 타버린 재로 머리에 내려앉았구나
무엇으로 먹먹한 밤을 밝히려고
청춘을 다 써버렸는지

빌딩 숲 사이를
낙엽과 함께 뒹굴던 기억이
늦은 겨울비가 되어 길을 막네
어디쯤 오고 있는지 느린 봄이여
나무도 풀도 새들도 다 알고 있기에
기다린다

세월의 장난질에
모두 숨죽이고 있을 뿐
야리야리한 꽃냄새가 곧
온 세상을 누비고 다니겠지
티 없는 새싹이 고개를 들고
꽃이 피고 지면 아픔도 슬픔도 모두
저 소리 없이 타는 노을로 빠져들겠지

가자, 부끄럼 없이 남아있는 세월을
다 쓰고 가자 다시 못 올 세월이여
조금은 게을러도 혼내지 말고
가지 않겠다고 떼써도 잠시만
아주 잠시만 함께 돌아보자

별이 보이지 않는 밤

불 꺼진 무대에서
나 자신만 또렷한 밤

오늘밤 내가 고백하고 싶은 것은
나 자신이 허구임을 알고 있다는 것
꿈보다 높게 빛나는 별
사랑보다 밝게 빛나는 별
내 것이면서 내 것이 아닌 얼굴을
사랑했다는 것 별들의 사랑을
사랑의 맨얼굴을 바로 보려고
그토록 많은 얼굴을 그렸다는 것

별을 그리지 않는 밤
내 어둠만 또렷한 밤

그러나 분명한 사실은
별들은 어디선가 빛나고 있다는 것
그리고 나는 내가 이은 별빛을
또렷이 기억한다는 것

그러니까 지금 내가 말하고 싶은 것은
나 자신을 사랑하는 것보다 깊은 기쁨
사람에 대한 그리움과 만남의 기쁨
별들의 얼굴을 그려내는 기쁨
이것만은 허구가 아니라는 것
이 기쁨의 깊음을 감히
아름다움이라고 말하고 싶다는 것

묻지 마세나

어디쯤 가고 있는지
지금은 묻지 마세나
어디로 가는지도
묻지 마세나 울지도 못한 날들을
들풀처럼 홀로 무성한 길을
그저 가세나

산마루에 서면
그저 흉내 내며 살아온 날들이
부끄러이 흐르고
또 흐른다 머언
고향 기억으로
살아도 살아도
허기지는 한 줌
햇살 받아먹으며
넓디넓은 품 안에
부질없는 넋두리

봄이 돌아오니
흙냄새 풀냄새
낯설지 않고
가난한 농부의 땀
내 핏줄에 흐르네
무성한 백발
이 빠진 미소로 흘러간
옛노래나 부르세나

고독의 뿌리

자신을 보여 주려고
진실을 외면할수록
가슴은 텅 비워진다

부와 직위에 집착하지 말자
그것은 황금빛 왕관의 무게가 아니라
황혼빛 세월의 무게일 뿐이다

내 삶이 하루 더 늘어난들
영원한 가슴속에
더 초라한 아픔이 깃든다
추적추적 내리는 겨울비
아련히 봄을 재촉하니
조용히 가슴을 적신다

지나간 삶의 추억과
다가오는 삶의 무게에
밀리고 밀렸던 사랑

삶의 아픔을 잠재우고
내 가슴에 흐르는 그리움

창가에는 흘러내리는 빗물
뒤틀린 그림자 가득하다

모두가 잠드는 밤이면
내 존재를 찾아
고독의 뿌리가 자라난다

깨진 술잔의 노래

언뜻 지나가는
한 무리의 과거
철부지 시간이
허잡한 현실 속
내 기억으로 스쳐간다

과거가 깨진 술잔처럼
가슴을 파고든다

육신은 하나인데
과거와 현실을 오가는 마음이여
나를 벗겨도 내가 없구나

밟힘도 부딪힘도 많았던 젊음이여
구슬픈 소리가 들린다
살자 살아가자
무채색 마음을
겹겹이 껴안고
살아가자
매미 허물처럼
이렇게 텅 빈 노래를

삶이 우주가 되어

황혼이 물드는 소리
내 가슴에 젖는다

구름처럼 부풀었다
흩어지는 미련한 마음
깨어나지 않은 알처럼
자신의 꿈을 바라보다
둥지를 떠난다

삶은 화려하지 않아도 좋다
얼룩진 인생이
그림자를 찾아 나서면 된다
미워할 수도
사랑할 수도
삼킬 수도
없는

열린 하늘길에서는
그 무엇을 위하여 울지 않았으면 좋겠다
꿈에 엎지른 삶은 나를 더 진하게 적시며
잠들지 않은 채 번져간다
나의 우주가 되어

봄소식

봄이네, 봄이야!
하늘정원에도
봄바람에 움트는 소리
들려온다

아릅답다 살아 있는 모두 다
아릅답다 아름다운 만큼
눈물겹다 봄이 오면
내게 기쁨을 준 사람도
슬픔을 준 사람들도 봄을 맞이하니
행복하다 찬바람에 메마른 가슴도
봄비 적셔주면 꽃이 피어나겠지

풍족한 삶에도 불행한 사람이 있고
궁핍한 삶에서도 행복한 사람이 있더라
봄이 오면 사이좋게 피어올라온 새싹들처럼
봄이네, 봄이야! 다 함께
봄바람에 실려 봄 여행 떠나자

2부

갈 길이 먼 달그림자

취객들은 한 페이지의 시절을
한 페이지의 대본처럼 넘긴다
인생보다 쓴 독백처럼 마지막 한 잔에
빈 술병처럼 아스팔트 위를 나뒹구는 그리움
떠날 때는 이름 하나하나 쓰린 숙취처럼 삼킨다

고요에 닻을 내리고

호흡마다 열리고 닫히는 마음
그 위로 꽃비가 내린다
허름한 먼 길 서두르자고
아침이 저 혼자 밝았으니
그늘지지 않은 것 어디있나

매끈한 거울 속에
세월은 어떻게 흐를까
봄이 어디서 오느냐고 묻지 마라
고요 속에 쌓이는 소요를 보라
비바람도 적막의 친구가 된다

어둠을 오래 바라보면 눈이 밝아지듯이
슬픔 속에 기쁨이 보이고
기쁨 속에 슬픔이 보인다
삶을 옭아매던 현실의 논리와 한계 너머
내가 자아낸 고요에 닻을 내리고
나를 깊이 사랑하겠네

멀리 함께 가자

모순과 모순 사이에는
무엇이 있을까
누가 선량하고
누가 방탕아인가
정의를 부르고 자유를 노래하는
산 자들이여
누가 진정 애국자이고
누가 진정 반역자란 말인가
코로나도 선거도
함께 겪어야 할 운명인 것을
살아가는 일이
죽기보다 더 어려운 시대
차별과 구분 없이 실컷 웃던 날이 그립다
사람을 미워하는 일이
죽기보다 더 아픈 일이지만
지금 아픈 마음은
순결했던 마음을 기억한다는 증거
우리 미워했더라도 서로서로
미소를 건네면 안 될까
삶에 긴 여운이 남도록
봄은 오고 있는데
산 자들이여

살다 보면 흔들리는 거야

삶이 흔들리는 건
아직도 흘릴 눈물이 남아있기 때문이야

멀어질수록 먹먹한 슬픔이여
누가 내 이름을 부르면
나는 한참 후에 돌아보았다
천둥과 번개가 엇박자를 내듯이
맑은 날 이유 없이
비가 쏟아지듯이

비울 수 없는 슬픔이라면
가끔은 출렁여 보는 거야
깜빡거려보는 거야
멀어지는 뒷모습
흐려질 때까지

갈 길이 먼 달그림자

먼 곳의 빛
가까운 곳의 빛
그 모든 불빛 아래
감출 것 없어 행복했다

갈 길이 먼 달그림자는
늙은 소나무 가지 사이로 먼저 떠난다
이제 갈 때가 되었네
잠든 이들 깨지 않게
함부로 불 켜지 않는 마음으로

본질을 비추는 무대

분명
분장은
나의 생활
나의 고독
나의 아픔
나의 기쁨

삶의 모든 순간을 감각하는
이 다채로운 감정을 네가 안다면
삶은 너에게 풍성한 연극일 텐데
삶의 본질을 비추는 무대일 텐데

이젠 너무 멀리 왔기에
가버린 세월 되돌릴 수 없지만

너와 나의 삶을 위하여
계속 걸어가야겠다
고개 돌리지 않고
지나온 길을 향해 고맙다고 손짓하며
살아가겠다 나를 향해 손짓하는
또 다른 사람이 올 때까지

뿌리를 펼치는 일

걸어도 걸어도 끝없는 새벽길
산다는 것은 한 걸음 한 걸음
온 힘을 다해 걸어가는 일

추수가 끝난 벌판
말라버린 허수아비처럼
막이 내린 무대 위에서
내 심장이 소품처럼 나뒹굴 때
구멍 난 가슴 사이로 별빛 쏟아질 때
나를 펼쳐볼 이 다시는 없을 것 같아

하지만 산다는 것은 한 걸음 또 한 걸음
걸을 수 있을 때까지 온 힘을 다해
뿌리를 펼치는 일

떠돌이별

만나고 헤어지는 일상사에
더는 슬퍼하지 말자

누구나 아픈 세월의 끄트머리를
깔딱고개 넘나들듯 모였다
흩어지는 구름떼처럼
오늘도 잿빛 도시
혼돈 속에 초라한
너의 삶
풀잎의 이슬처럼
자리 없이 떠돌며
글썽이는 별 하나

너보다 앞서
부끄러이 살다 간 사람들
서로를 까맣게 모르고 살았지
살아도 살아도 허기진 세상
넓디넓은 품에서 차마
슬픔을 말하지 못하네
세월은 욕망의 미로
거짓의 깃발만 드높네
감옥 창살처럼 빛나는

가슴 시린 눈빛들

웃는 가면 뒤에 숨겨둔 미움
철 지난 내 그리움이었네 하지만
되돌아보는 먼 귀로가 서럽지 않으리
죽음의 축제를 끝내고 즐거이 길을 떠나리
철새처럼 스치는 사람들
아름다운 기억으로 남을 수 있다면 나
사라져도 한 점 후회 없겠네

만나서 아름답고
만나서 하나 되니
서로에게 자리를 내어주자
서로에게 반짝이며 설레는
미지가 되어주자

피 묻은 칼로 쓰는 말

정치꾼은 어설픈 검객
남의 땀과 피로 얻은 돈을
제 돈인 양 쓴다
합법적 사기꾼들
가화만사성 못 이룬 놈들
세상을 잔머리로 지배하는 놈들

참 불쌍타
너 나 우리
죽은 자는 말이 없고
산 자는 입만 둥둥
온 세상을 떠돈다

참 우습다
어설픈 지식으로 판을 넘나들며
진실한 술로 거짓된 목을 축이고
중심을 잃고 편향된 어설픈 말들
세상을 베고 찌르고 쏟아내게 한다

펜은 칼보다 강하다고 했던가?
하지만 그대 아시는지
피 묻은 칼로 쓰는 말을
그리고 그 피가 누구의 피인지

인사동 사람들

한 잔은 내 목을 밝히고
또 한 잔은 인사동 골목을 밝힌다
그늘이 쌓이고 주막집은 깊어지고
대낮보다 활기찬 불빛이 들어선다
벌겋게 달아오른 낯익은 얼굴들
넓디넓은 인사동의 품은
인생사 넋두리를 다 받아낸다

취객들은 한 페이지의 시절을
한 페이지의 대본처럼 넘긴다
인생보다 쓴 독백처럼 마지막 한 잔에
빈 술병처럼 아스팔트 위를 나뒹구는 그리움
떠날 때는 이름 하나하나 쓰린 숙취처럼 삼킨다

하늘 높은 겨울밤
세상사 쓸쓸하다 말고
인사동 주막집에서 그리움을 기울이자

사랑이란 단어

사랑을 너무 쉽게 말했습니다
사랑에 빠져보지 않은 이는
환희의 절정에 오를 수 없다는 진실
밤은 어둠을 더 잘 보이게 합니다
새벽을 맞으며 알았습니다

부끄러운 줄 모르고 살아온 날들
내 가슴은 사랑에 젖고
슬픔에 절고 있었습니다
다시 아침이 오면 나는
사랑에 대해 무슨 말을 할 수 있을까

강 위에 불타는 취한 배처럼 사랑은
나를 당황하게 하고 방황하게 합니다
그 사랑이 나를 태우는 동안은
그 누구도 다가올 수 없답니다
내가 사랑했던 그 얼굴을 태우고
한 가닥 미련마저 태울 때까지
그늘과 빛은 서로 사랑합니다

내 삶의 트라이앵글

분장을 시작한 지 어언 사십오 년
낮을 낮 삼고 밤을 낮 삼아
남의 얼굴을 부여잡고 살아왔다

얼굴을 맡겨준 모든 이들에게
진심으로 감사하다 하지만
이런 감사한 마음이 진실일수록
내가 느끼는 고독 또한
진실이다 남의 얼굴을 만질수록
내 얼굴은 유령처럼 투명해지고
내 울음만 메아리 되어 나를 반겼다

하고 싶은 말
해야 하는 말
그 말들은 모두
나 자신을 마주할 용기와
고독이 필요한 것
사람과 사랑을 느낄수록
고독은 쨍하게 나를 울린다

사람과 술과 분장
내 삶의 트라이앵글을 벗어나
순한 황무지로 떠나고 싶어지는 이유는 무엇일까

잠 못 이루는 밤

망망대해에 잠기는 보름달
추억들이 분분하다

시계추처럼 제자리를 오가며
사랑만 먹고 자라난 시간이여

어서 떠나라
가슴 태우는 고독이 다가오니
철새들 떠난 갈대밭에
꽁꽁 얼어버린 별 하나
누가 바람이 운다고 말할까?
우는 얼굴 들여다보며
등 토닥여줄 이 하나 없는데

여기 버려진 것들 다 끌어안고
오르막 내리막 고갯길
시린 바람 따라가면
나 몰래 우는 그대
뒷모습 보이려나

나는 용기가 없는 것이다

어떤 희열도 사랑에 못 미치고
어떤 괴로움도 사랑에 못 미친다
누구를 사랑했느냐는 인생을 결정하지만
어떻게 사랑했느냐는 운명을 좌우한다
사랑은 고독하고 황홀한 축제다

나는 삶이라는 축제에 초대받은 고독한 사람으로서
타인의 얼굴을 사랑으로 꾸며주었다
내 사랑이 아닌 그 수많은 얼굴을
왜 그랬을까?

그래, 나는 두려운 것이다 사랑보다도
사랑 없는 세상을 살아갈 용기가 없는 것이다

아무개의 사랑

술은 마셔야만 취하지만
사랑하는 사람은
보고만 있어도 취한다

함께 살아도 서로 사랑하지 않으면
그들은 영원히 별거 중이다
통합되지 못한 육체와 정신이 병을 앓듯이

사랑하려거든 의심하지 말자
의심하려거든 사랑하지 말자
사랑이 무엇인지 알고 싶다면
눈짓 한 번 키스 한 번이면 금방 알 거다

가장 깊은 사랑은 정신적 공감
가장 빠른 사랑은 육체적 공감
정신과 육체를 분리하지 않더라도
우리가 공감하는 진실은 사랑의 길은
자신만의 표현으로 밝혀진다는 것
그것은 삶의 이정표가 된다는 것

진실한 표현 없이 사랑하느니
사랑을 찾던 아무개로 남겠다

춤추는 꽃

창밖에 눈이 내린다

창 안에는 할아버지 할머니
딸과 그 딸, 눈에 넣어도 안 아프다던
누군가 닮은 듯한 손녀
알아듣지도 못한 꼬부랑 영어로 옹알댄다
그리고 왜 못 알아듣느냐는 표정을 하고
바람에 춤추는 꽃처럼 몸짓으로 설명한다

3대가 떠들썩 차 안에 몸을 구겨 넣는다
가족인지 여행객인지 짐짝인지 모를 나여
까마득 일만 좇아 살아온 지난날이 서럽다

하지만 오늘만큼은 손녀 지아의 날
마음을 열고 얼굴을 펴고
날아가보자 손녀에게로
나의 춤추는 꽃에게로

먼 데서 오신 손님

창문에 흐릿한 형체
보일 듯 말 듯 이미 오래전에
내가 벗어두고 잃어버린 그림자

끈적하고 물컹한
온몸을 들뜨게 한다
고개를 내밀라고 내밀라고
하소연해보지만

천천히 얼어붙은 강을 건너오고 있다
때가 되면 스스로 가면을 벗고
허공을 가르는 비행운처럼
내 육신도 떠나면
버림받는 상처들이 서로 몸을 비벼
휘적휘적 벽을 기어오르고 있다
내 주린 배를 채워주지 못하고
자르지 못한 심지처럼
목숨이 움츠러드는 밤

인생은 숨은그림찾기야

나의 과거
현재의 나
다가올 미래의 나
이 삼각형 속에서
또 다른 나를 찾는 일이야

굳어버린 시선을 내려놓으며
또 다른 시선을 살아보는 일이야

그걸 왜 몰랐을까!
이제야 조금 알 것 같다
틀린 모양이 아니라 다른 모양을
다른 모양이 아니라 숨은 모양을

우승자

오직 인간만이
우승하기 위해 몸을 바친다
땅에서 하늘에서 바다에서
생존과 번식이 아닌
우승을 위해 생을 거는 존재가 있던가?

내일의 우승자는
인간들 틈에서 버티고
버티면서 일생을 건다
도박이라면 도박이고
도착(倒錯)이라면 도착이다
그 누가 알아주지 않아도
생을 걸 만한 무언가가 있다는 거
그 누가 말릴 수도 없고
그 자신도 막을 수 없는
운명을 자각한다는 거
그것이 생의 구원일까?

하지만 구원에도 연습이 필요하다
거절과 고독에 익숙해지는 연습
모멸과 멸시를 감내하는 연습
세상을 바꾸기 위해

나를 바꾸는 연습

하지만 보라, 길 끝에서
서슬 퍼런 새벽이 일어선다
천진한 꿈과 피투성이 우승은
이제 각자 다른 길을 간다
그래, 어디 끝까지 가보라
모든 길은 어둠에 묻힌다!

여린 가슴을 태워
우승의 횃불을 밝히는 자여
너는 얼마나 더
너 자신을 견뎌낼 수 있을까

너는 누구니

백석
김소월
윤동주
천상병
…

빛나는 이름들
책장에서 나를
굽어본다 새벽이 오도록
시 한 줄 쓰지 못하고
허공을 떠도는 시선
누가 그랬다 예술은
영혼에 걸맞은 운명을 제시한다고
지금 내 영혼과 운명 사이에는
쓰이지 않는 시가 있다 그리고
언젠가 쓰일 시와
살아낼 삶이 있다
이 시를 읽는
너는 누구니

무대의 언어

침묵이 열리면
노랑 파랑 빨강
무대는 밝아진다
크고 작은 소품들도
살아 움직인다

음악이 흐르면
동작을 품고 있는
몸이 움직인다 인물들의
들숨과 날숨 사이 고뇌가 깃들면
무대는 살아난다 각자의 위치에서
초침 분침 시침처럼 움직이며
또 다른 시간을 열어젖힌다

시간이란 무대
삶이란 인간
무대는 춤
우리는 무대의 언어가 되어
또 다른 침묵으로 초대한다

할아버지와 유모차

노쇠한 할아버지
유모차에는 추억이 담겼다

온 가족이 모여 하하 호호
아버지 어머니 형 누나 동생
모두 유모차 안에 있다

고향을 떠나 단신으로
빌딩 숲에 둥지를 틀었다
마누라 아들딸 오손도손 살갑게 살았다
씨앗을 뿌렸으니 며느리의 눈치도
손주 재롱도 잠시나마 즐거웠다

이제는 희끗희끗한 머리에 굴곡진 얼굴
가슴속에 들어찬 팍팍한 인생길이
찌푸린 미간으로 드러난다
할아버지 유모차 안에는
지금 아무도 없다

유일한 친구인 유모차 안에
햇볕도 바람도 잠시 쉬어 갔다
하지만 지금 막
또 다른 꿈이 자라기 시작했다

어제 만난
할머니 유모차가
멀어져 간다

시간은 나를 삼킨다

돌아보면
어제보다도 내일이 멀다
사람 냄새 자욱한 무대에
오늘을 버리고 서 있다

웃다가 울다가
여물지 못한 자유인
단 한 번 왔다
가는 여행길

곧 사라질 마을처럼
지도 위의 작은 점처럼
잃어버린 오늘
되찾지 못할 어제
벌써 공허한 내일이여
그림자 하나 검은 비닐봉지처럼
거리를 쏘다닌다

살아있다는
오로지 살아있다는
그 헛헛한 사실만을 엮어
어제와 오늘과 내일을 버리고
하루하루 서 있다

검정 가방

흉터 많은 검정 가방
얼룩이 덕지덕지 말라붙은 검정 가방
구석에 누워 숨을 고르고 있다
닳고 닳은 바닥
모서리는 흰 살을 드러내고
헐거워진 관절은 삐걱거린다
딴따라 무대부터 한류의 턱 밑까지
주인 따라 떠돌며 이제는
잿빛이 된 가방 하나
끊임없이 밀려오는 시대를 바라보며
그저 제 그늘에 몸 말리며
길고 긴 휴식을
취하고 있다

고백하건대

조명이 꺼지고
거리에 막이 내리면
몇 개의 미광에 비춰
내 삶을 반추했다

봄 여름 가을 겨울
가리지 않고 반짝이는 달과 별 그리고
그리운…

고백하건대
삶의 의미는 없다
의미는 삶이 아니다 그리하여
시여…

구름 비 햇살 낙엽 그리고
찢어진 고백처럼 내 안으로 내리는
비좁은 눈길에 녹아내리는
몇 개의 눈…

존재의 숨결

살아있음은
존재의 이유다
존재하기 때문에
슬프고 기쁘고 고독하다

젖지 않는 수많은 사연들
떠나보내고 나면
남루한 나 자신만 존재한다
하지만 존재하기에
우리는 어디서든 만나고
헤어지고 사랑한다

존재하기에
어디로든 떠나고
또 머물러야 한다
끊임없이 떨며 저들끼리
부딪치고 부서지는 꿈들이
내 의식의 낡은 의자에 떨어졌다가
한숨 한 번에 사라져간다

오늘 밤 누울 자리를 위해
누일 곳 없는 삶의 꿈들
낯선 날개를 달고
또 날아든다

오늘은 한숨이 아니라
숨결을 불어 넣으리라

누가 오기로 한 것도 아닌데

가을비
오는 날이면
빗소리에 창문을
향한 눈빛에
내 가슴은
선해진다

누가
오기로 한 것도 아닌데
누굴 기다리는 사람처럼
전화기처럼
초인종처럼
신발장처럼
무릎처럼 그저
가만히 기다리며
무슨 말을 나눌까
생각해본다

가을비
오는 날이면
사랑과 함께
비를 맞던 여행길
그 초라한 망설임으로
설렘으로 가을 추억
그 찻집의 문을
빗방울로 투명하게
두드린다

3부

분장사가 갖춰야 할 덕목

가라
잘 가라
풍파 견디며
한세상 지내다가
어둠에 묻힌 설움이
썩고 썩어서 티 없는
빛의 양분이 되리니
지나온 어제도 오늘도
머나먼 내일이었으니
지나간 이 길을
또 지나가리라

또 다른 가을로

술 없이 취한 나무
돌아오지 않는 기억을
내 작은 창가에 비춰낸다

나는 창을 열어
또 다른 가을로
젖어든다 취기 오른 추억을
발치에 떨어뜨리는 나무

서러운 뿌리 서러운 잠결
바람결인 듯 꿈결인 듯
나를 흔들어 깨우는
저 시린 햇살

선거철이 오면 서글프다

나는 분장 외길 45년째
종교 정치 학연 지연 직업
따져본 적 없고 정당도
들어간 적 없습니다

내가 존경해온 분들은
세종대왕과 이순신 장군
김수환 추기경과 성철 스님
그러나 오늘날 대한민국에는
큰어른이 없어 안타깝습니다

그래도 존경은 아니더라도
좋아하는 사람들이 있지요
하지만 선거철이 오면 그토록
좋아하던 사람들이 무서워집니다
왜 그럴까요?

각 분야 최고 지도자들
국가를 경영하는 사람들
예술가와 예술을 사랑하는 사람들은
자신을 속이지 않았으면 좋겠습니다

그늘진 곳으로

초라한 그림자를 가리려
더 그늘진 곳으로

얼마 안 가
누구의 얼굴인지 모를 추억들
무성하다 길을 감추듯 지우듯
어디로 향하는지
어디로 향하든지
무심한

걸음을 멈추면
그늘이 짙어진다 여기부터
슬픔이 길을 찾는다
목을 길게 내밀고
내가 나를 굽어본다

가슴을 열고
내가 나를 받아들였더라면 어땠을까
하지만 삶은 가질 수 없는 것
그리하여 삶도 나를 가질 수 없는 것
이토록 자유로운 허공이여
오, 바큇자국처럼 핀 상처들이여
소나기에도 하염없이 흔들리는
이 가난한 마음이여

한마디 말

모진 세월을 감내하려고
웃다 울다 소리치는 말
움푹 파인 말
금이 간 말
날 선 말
가슴에 박혀 세상을 떠돈다

벼랑에 매달려 던진
그 말 한마디
허풍도 사랑도 폭언도 세 치 혀
죽은 나뭇가지에 감기는
허허로운 바람 소리

냄새도 모양도 없는
그 한마디 말에
아우성치는 인간 군상들
어둠 한 곳을 뒤덮고 있다

입안 가득 멈춰 세우니
혀끝에 맴도는 신음
그 한마디 돌아와
가슴을 적신다

화전(火田)

한밤에 비가 내린다
괜찮다 괜찮다
너무 애쓰지 마라
모든 부름에
다 응답할 필요 없다

독하게 몰아세운 세월이
메마른 가슴을 다독이며
진종일 비를 내린다

고뇌로 물결치는 바다 한가운데
뿌리를 잃고 떠밀리는 섬처럼
몇 개의 잎을 피워낸 나는
이제 남은 가지를 태우려
뜰 안으로 들어와
문을 잠근다

연기가 피어오르는 새벽
나는 나 자신과 대면한다
시를 쓰고 담배를 피우고
불을 비벼 끈다 곧 불어올 바람에게
재로 쌓인 회환을 데려가라고

영혼을 담아야 한다

분장이란 마음을 삭이는 일이다
마음을 삭이고 삭여서 온몸으로
영혼을 밀어내는 작업이다

인물 하나하나
세상 앞에 당당히 펼쳐지도록
그 아픔과 고통을 풀어내는 일이다

좋은 분장을 하기 위해서는
연기자와 스태프들과의 소통
작품에 대한 이해 그리고 무엇보다
분장에 대한 마음가짐이 선행되어야 한다

마음에 달라붙어 인물을 살려내면
그 인물의 열정은 사람들을 설득하여
무대를 영원한 사건으로 만들 것이다
분장사는 그 얼굴에 영혼을 담아야 한다

그 영혼의 길
그 길이 어디로 향하더라도
멈추지 않고 동반해야 한다

무거운 가슴 무서운 고뇌

고독이 이불 사이로 숨어든다
내 안에 불을 켜고 속삭인다

땅을 떠난 모든 것들은 되돌아오지 않고
계절만 말없이 오가는구나

밤하늘을 수놓는 꿈의 파편들
나만 아는 별자리를 쫓아
마스크 쓴 인파를 뚫고
먼 길 떠난다

신념과 희망 없이도 살아가는
무거운 가슴 무서운 고뇌
우리 가슴을 두드리고 펴서
얇아지게 한다

시간도 사람도 추억도 다 지워지면
남아있는 양심 하나
가을을 재촉한다

가을비 오는 날 내가 던진 추억들이
잠든 세상에 잔잔한 물결로 번져가리라

삶의 감각

문턱의 상처만큼 떠난 사람들
가슴을 열고 들어온 인연들
추억이 되기 싫은

살아 있다는 두려움
흔적 없이 떠났어도
흔들리지 않고 사는 것

어디로 흘러가는지
꽃은 너무도 가벼워
허공에 묻혀 버렸다

살아 있다는 감각이
죽음의 무게인 줄 모르고
철없이 한세상 떼어내 날아가는
저 철새 떼의 날갯짓처럼
웃는다 웃는다
운다

쾌락이 주는 삶
병들어 사는 삶
부끄러워 죽는
삶 속의 생이여

산다는 것은 길을 만드는 일
그 길이 어디로 향하든지
떠나야 한다는 사실을
다만 끝없는 질문을 열어
비밀처럼 감추는 일

깨끗한 거짓

진실은 무엇인가
무엇이 진실인가
모르는 것이 진실
있다 해도 볼 수가
없으니 진실은
어디에 있는가

진실을 못 찾았다
사랑엔 계산이 없을까
진실엔 순수한 마음뿐일까
더러운 진실이 있다면
깨끗한 거짓도 있지 않을까

세상과 숨결을 섞었으니
못 다 만난 사람들
못 다한 사랑들
그것도 진실
저 강물처럼

진실 아닌 것은
찾지 못하고 존재를
존재로 지탱하는 힘은
의식 못하고 다만
찬 공기를 깊이 마시면서
이렇게 풍화되어 가는 걸까
시간의 비늘을 하염없이 쓰다듬는
저 바람처럼

잡초에 대한 명상

어디서 날아왔을까
자르고 솎아내고 짓밟아도
틈만 있으면 돋아나는 잡초

나는 잡초에서 삶의 영감을 얻는다
틈을 받아들이는 경건함에 대한
틈을 주지 않는 강인함에 대한

꽃들이 피고 지며 사라질 때
바람이 불면 부는 대로
비가 오면 비를 맞으며
사시사철 낮은 자세로
제 시간을 살아내는 잡초

뿌리내릴 틈이 없으면
바람을 타고 날아가리라
누군가의 빈틈을 채워주며
잠들지 않는 잡초처럼
나는 그렇게 살아가리라
나는 살아가리라

분장사가 갖춰야 할 덕목

천진난만한 아이의 호기심과
사물의 본질을 꿰뚫는 철학자의 눈
조각가의 정교한 손 마술사의 기술
화가의 개성 있는 붓놀림과 색채감
과거 현재 미래를 추동하는 의지
수도자가 일평생 갈고 닦는 신념
시대의 얼굴에 빛을 밝히면서도
화려한 무대 뒤편에서 묵묵히
세상의 모든 역사를 세기고
기도하듯 겸손한 두 손

가로수길 패션쇼

몇 년 전부터 가로수길에는
울긋불긋 단풍 옷을 입은 모델들이
하나둘 나타났다

매년 늦가을부터 새봄 전까지
가로수길에서는 24시간 패션쇼가 열린다
모델들은 자신만의 몸매와 스타일로
가로수길을 누빈다

시시각각 표정을 바뀌면서
때론 비에 젖고 때론 하얀 롱 드레스를 입고
국내 팬과 외국 관광객들에 둘러싸였다

하지만 요즘 가로수길은 슬프다
거리두기와 몸 마스크도 했는데
관객들이 모델들보다 적으니 말이다

문화거리 가로수길
아직도 지난날의 화려한 무대와
박수갈채를 잊지 못해 향수를 앓는다

기어서 가는 길

정치와 부와 직위의 정글을 벗어나
분장이란 작은 숲에서 사십오 년을
이름 없는 풀꽃으로 살아왔지만
단 한 번도 후회하지 않았습니다

휘몰아치는 폭풍우에도
작열하는 태양 아래서도
내 집념을 꺾지 않았습니다
고집이라고 불러도 좋습니다
뿌리를 뻗어 피워낸 이 꽃밭이
나의 진실이니까요

누가 따라올지
어디로 이어질지
나는 아직 모릅니다
하지만 초심을 기억합니다
작은 소망을 꽃 피우기 위해
아픔의 흔적을 감추고
온몸으로 살아온 세월
발걸음 소리 내지 않고
기어서 기어서 가는 길

세월에 취하다

허공에 뜬 하루가
구름에 먹혀가고
나는 또 그 세월을
먹어가고 있다
저녁노을처럼

세상은 예나 지금이나 변함이 없고
다만 변함없음을 증명하기 위해
나만 세월에 취하게 하고
뒤도 안 돌아보고 간다

어디에도 머무르지 않고
나만 고독과 허무에 취해
떠나버린 혼을 찾아 나선다

산에 걸터앉아
습기를 머금는 구름처럼
허무를 온몸으로 받아내며 앓다가
눈이 시리도록 젖어가고
슬픔만 담고 떠나가는
먹구름이 되었네

나는 어디서 비를 뿌려야 할까?

나무가 잎을 놓아줄 때

사유가 익은 이파리는
스스로 먼 길을 떠난다

가라
잘 가라
풍파 견디며
한세상 지내다가
어둠에 묻힌 설움이
썩고 썩어서 티 없는
빛의 양분이 되리니
지나온 어제도 오늘도
머나먼 내일이었으니
지나간 이 길을
또 지나가리라

나무가 잎을 놓아줄 때
잎이 나무를 떠나갈 때

서릿발 새벽이 나를 부른다

11월의 마지막 밤

이 밤을 건너가면
한 해의 마지막 달에 도착하겠지요

예측할 수 없는 급류를
건너가다 보면 무언가
휩쓸려 흘려버리겠지요
어쩌면 내가 흘린 것들은
흘려보내기 위한 것인지
흘러가기 위한 것인지

소용돌이에 맴도는 조각배처럼
가파른 벼랑에 매달린 들꽃처럼
고단한 외로움을 버티고 서서
불가능과 한계를 절감합니다

하지만 그 지킬 수 없는 약속을
나는 보란 듯이 살아내고 있습니다

분장은 나의 일생이었지

빡빡머리로
방송국 문 두드린 뒤
강산이 다섯 번 변했다

감사하다
바늘 끝만큼도
후회하지 않았고
분장만큼 사랑한 삶은
없었다 많은 제자가
있지만 나의 진실을 아는 제자는
슬프게도 없는 것 같다

분장 학원은
나의 뿌리이자 열매다
한국분장의 미래를 설계해왔다

모두 다 내 탓이고 또 내 탓이다
나의 역사인 한국분장학원을 접으려 한다
눈물 묻은 도구와 재료들 나의 보물들이
바닥에 쏟은 피가 되어 싸늘히 식어간다
내 발자국도 얼어붙은 웅덩이가 되겠지

그래, 다 허물어 버리자
미완성인 내 작은 분장의 성
못 떠나간 돛단배에 내 몸 하나 싣고
미련 없이 가련다
분장이 나의 일생이지
일생이 분장일 순 없으니

도시의 밤

화단은 밤이슬에 젖고
가로등은 가로수 옷깃에
고개를 파묻고 졸고 있다
저수지의 낚시찌처럼 잠겨서
이 거리는 무슨 꿈을 꿀까
내가 이 거리의 꿈은 아닐까
대낮의 불빛은 담배 연기처럼
희미한 꼬리만 남기고
누가 나를 부른다 방금
아무 소리 없이 어둡게
울려 퍼지는 메아리
어느 골목이든
비틀거리는 사람들
울기도 지친 슬픔들
사랑에 가난한 사람들

혼자 생각

누군가 말했다
사랑을 위해서
행복하기 위해서
혼자 독하게 견디며
지금은 참아야 한다고

나는 생각한다
지금 이 순간
노력하지 않으면
지금 행복하지 않으면
내 삶의 순간은
아무 소용없다고
혼자서 살 수 없다고

그래서
너는 지금 행복한가?
혼자 생각한다

무대는 꿈을 꾼다

막이 오르고
막이 내린다
인생이 오르고
인생이 내려온다
무대 위에서
세상을 배웠다

종이해가 뜨고
유리달이 지고
대본에 없던
잠 못 이룰 꿈 꾸며
내 안에서 부는 비바람 소리에
무대와 객석은 뒤섞여
한 몸으로 울었다

나는 무엇을 기대했을까
출구와 입구가 같지만 다르다는 것을?
분장을 지워도 분장한 것 같은 얼굴을?
조명을 갈아 끼우듯 매일 달라지는 삶을?

언젠가는 역할도 동선도 얼굴도 잃겠지
화려한 의상도 꾸며낸 흉터와 가발도
합판으로 지어진 집과 배역에 따른 가족도
막이 내려 모두 퇴장해버렸는데
내 꿈의 무대에는 무엇이 남아
자꾸만 나를 흔들어 깨울까

바보야 너를 사랑해 봐

자신을 사랑할 줄 알아야
남을 사랑할 수 있다고
철학자는 말하지

바보야
분장보다 너를 사랑해 본 적 있니?

분장이 좋아서
사람이 좋아서
술이 좋아서
그저 좋아서
한평생
바쳤지

그 길목
어디쯤에서
너는 너의 진실과
어깨를 부딪친 적 있니?

이제 진정으로
너 자신과 만나려면
가식은 벗어던지고
진정으로 다가가 봐

그럼 애매모호했던 진실이
참된 사랑이 지금이라도
서툴지만 선명한 얼굴로
다가올지 모르잖아

고요에 닻을 내리고

강대영 지음

발행처   도서출판 청어
발행인   이영철
영업   이동호
홍보   천성래
기획   남기환
편집   방세화
디자인   이수빈 | 김영은
제작이사 공병한
인쇄   두리터

등록   1999년 5월 3일
            (제321-3210000251001999000063호)

1판 1쇄 발행 2023년 2월 25일

주소   서울특별시 서초구 남부순환로 364길 8-15 동일빌딩 2층
대표전화 02-586-0477
팩시밀리 0303-0942-0478
홈페이지 www.chungeobook.com
E-mail   ppi20@hanmail.net
ISBN   979-11-6855-131-2 (03810)

청어詩人選 355

가을 편지

유승배 시집

청어 도서출판

가을 편지

유승배 지음

발 행 처 · 도서출판 청어
발 행 인 · 이영철
영　　업 · 이동호
홍　　보 · 천성래
기　　획 · 남기환
편　　집 · 방세화
디 자 인 · 이수빈 | 김영은
제작이사 · 공병한
인　　쇄 · 두리터

등　　록 · 1999년 5월 3일
(제321-3210000251001999000063호)

1판 1쇄 발행 · 2022년 11월 20일

주소 · 서울특별시 서초구 남부순환로 364길 8-15 동일빌딩 2층
대표전화 · 02-586-0477
팩시밀리 · 0303-0942-0478

홈페이지 · www.chungeobook.com
E-mail · ppi20@hanmail.net
ISBN · 979-11-6855-088-9(03810)

가을 편지

유승배 시집

시인의 말

3시집 출간한 이후, 긴 시간이 흘러갔다.

컴퓨터 안에서 격리되었던 시(詩)들이
가을바람에 아우성친다.
이젠 어디론가 떠나보내야 할 것 같아
용기를 낸다.

돌이켜보니
내 삶에서 시 짓는 것만큼 행복한 때는 없었다.
시는 나의 인생, 나의 사랑이었다.

세상 어수선하여 삶이 팍팍해진 때
독자에게 힘이 되었으면 좋겠다.
나는 사람들과 함께 울고, 웃고 싶은
시인(詩人)이다.

2022년 초가을 상도동 사리원에서
유승배

차례

1부 낙엽의 노래

2부 다양한 표정

3부 가을 편지

4부 그대가 있어 행복합니다

5부 고독한 식사

1부

낙엽의 노래

사랑은 잊어서는 안 되는 것이라고
입술, 시퍼렇게 질려 울지 말자

나무에게서 배우다

찬바람 불 때면
나무는 비우고, 버리기를 시작한다

한 잎, 한 잎
미련 없이 버리고 또 버린다

훌 훌 벗어던진 나목 곁에서
두 팔을 벌려 본다

나무는 가벼운데 나는 무겁다
탐욕의 잎 버려야 한다는 것
나무에게서 배우다

눈 그리고 비

오늘 밤
눈이 내릴 것 같아
싱숭생숭
하늘을 본다

내일쯤
비가 올 것 같아
싱숭생숭
창밖을 본다

밤하늘 별 보이지 않고
창밖엔 인기척 없어도
눈 그리고 비가 좋다

바짝 마른 입술보다는
촉촉이 젖은 삶을
좋아하기 때문일 것이다

다정한 눈빛

식탁에 앉아
사랑을 속삭이는
다정한 눈빛들을 본다

무엇이 그리 좋은지
눈웃음, 화답하며
행복으로 배불리는 사람들

진실한 교감, 눈빛들을 만나면
괜히 기분이 좋아져
음식값 받지 않고 싶을 때가 있다

다정한 눈빛은
가슴에서 발산되는
광채이기 때문이다

동병상련(同病相憐)

환자복을 입고 나타난
그녀는 위암 확진 판정을 받고
삼분의 이를 잃었다고 했다
나머지 삼분의 일을 가지고
질기고 질긴 삶을 잘게 부수며
더부룩한 미래를 소화시켜야 한다고 했다
두려워 떨거나 눈물을 글썽이지는 않았다
하나님을 굳게 믿고 있기 때문이다

순간, 예리한 칼날
심장을 도려내는 듯한 통증을 느꼈다
병실에 드러누운 적 없었으나
내 인생의 삼분의 이가
그녀의 소중한 밥통처럼
이미 잘려나갔음을 깨달았다

그녀는 건강을 잃었고
나는 인생의 삼분의 이를 잃었다
둘 다 삼분의 일만
만지작거리고 있을 뿐이다

들꽃에게 배우다

마음 울적하여
눈물 핑 도는 날
홀로 산행 떠났지요

삶이 고달파
등짐 무거운 날
홀로 바람 속을 걸었지요

어젯밤 내린 소낙비
푹 젖은 들꽃 보았는데
방글방글, 웃고 있었지요

초라하고 앙증맞은 들꽃에게 배웠지요
피었다 시드는 동안엔
질긴 생명력으로 웃어야 한다는 것을

마음 씻기

오늘도
냉면 면발을 씻듯
오염된 마음
문질러본다

찬물,
대 여섯 번
헹구고 헹구었더니
쫄깃쫄깃, 탄력이 붙는다

정갈한 그릇 속 담아
식탁 위에 놓듯
마음 씻어
맛을 내기는 어렵다

사랑하는 이 허기
채워주고 갈 수 있다면
기쁜 마음으로
헹구고 또 헹굴 것이다

낙엽의 노래

님이여
만추의 계절
사색에 잠겨
낙엽을 밟아 보았나요
낙엽이 부르는 최후의 노랫가락
들어 보았나요
슬프지도 않고
괴로워하지도 않고
홀가분하게 떠나는 낙엽
그 아름다운 최후같이
우리도 이 세상 떠나는 날
바스락 바스락 사랑노래
남겨 놓고 가십시다

목련꽃 앞에서

어젯밤 내린 비에
땅바닥에 누워버린 목련꽃
행복은 짧고 슬픔은 길어
내년 이맘때나 다시 필 것인데
온몸에 감추었던 향기마저 사라진
초라한 꽃 앞에서
나는 파르르 전율을 느낍니다

아직, 살아 숨 쉬고 있음에 대하여

물망초

사랑은 잊어서는 안 되는 것이라고
입술, 시퍼렇게 질려 울지 말자

그대 두고 떠난 임
돌아오지 않더라도
어디선가,
그리워하고 있을 것이니

바다에 가려거든

외로운 갈매기 같이
홀로 날고 싶었습니다
아무도 모르는 곳
몇 글자 남겨 놓고 싶었습니다

유람선 위에서
금빛, 백사장 바라보며
발자국 남기지 못한 것
못내 아쉬웠습니다

파도에게 하고 싶은 말
바람에게 하고 싶은 말
깊숙이 묻어놓고
돌아왔어야 했습니다

누구든지
바다에 가려거든
하늘 나는 갈매기 같이
쓸쓸히, 혼자 가십시오

가을 여행

문우들이 모였다 흩어진
시인의 집 텃밭
모닥불 피워 놓고
타오르는 불꽃 속에
화해되지 못한 몸과 마음의 갈등
하나, 둘, 던져 넣고 있습니다

타닥타닥
잿더미로 사라져가는 불평불만들
노래 한 음절 속 허공을 떠돌고
밤하늘 별들은
내 맘속에 총총
행복으로 반짝입니다

돌아오는 길
어둠에 덮인 고속도로
정든 얼굴들 하나, 둘 스치며
손 흔들고 지나갈 때
아차, 마음은 그곳에 두고
몸만 떠나온
잊지 못할 가을 여행입니다

감귤

삼다도 농원을 떠나
은하수를 건너온 귤의 맛은
조금도 변하지 않았다
짜디짠 소금 바다 건너왔지만
노란 빛깔 그대로 간직하고 있었다

세월의 구름 타고 흐르는 사람만이
맛과 빛깔 잃어버린 채
뿌리내렸던 고향 땅 그 농원 그리워하는가
귤 하나 손에 잡고 볼에 부비며
나뭇가지 툭툭 쳐주시던 내 어머니 그리워
엉엉 울었다

감사패를 받으며

상도복지관 수상자석에 앉았지만
왠지 마음이 무겁다
만두 몇 개 나눈 일 자랑 할 것 없기 때문이다

상장에 나열된 까만 단어들
툭툭 튀어나와
어깨를 짓누른다

빈손으로 왔다가
빈손 들고 가니
나눔에 인색할 이유 전혀 없는 것을

수상소감,
할 수만 있다면
내 몫의 빵을 떼어 공존하고 싶다

거미의 집

어둠 속
끈적거리는 진액 뽑아
신축공사 중인 거미
비바람 견디는 튼튼한 집 하나 짓는 것
평생 소원일까

아파트 한 채 소유하려
술 취한 비틀걸음
횡단보도 건너고 있는
저 남자 역시
거미 아닐까

아,
거미여
인간이여
살아생전 집짓기에 진액 뽑아내니
참으로 고달프다

견공(犬公)의 집

비바람 피할 곳 없어 떠돌던 개에게
무주택 신세 면하도록 해 주었다
집이라고 해보았자 베란다에 판자때기 걸쳐 놓고
욕실용 매트 한 장 깔아준 것이 전부지만
신바람 나서 꼬리 흔들어댄다
하긴, 땅값 비싼 서울 땅에서
견공 주제에 집 한 채, 가졌으면
출세한 사례일 테니 컹컹거릴 만하다

하루 한 끼
푸짐하게 담아주는 밥그릇 문패 삼아
폼 잡은 어깨에 힘이 잔뜩 들어가 있다
견공 외 무단 출입금지…

고향

—제삿날

그 옛날 자궁 속에서 듣던
맥박 소리만 사라진 것이 아니라
정든 골목길마저 잃어버렸습니다

별빛 가물가물
이 골목 저 골목
헤매다 들어서니

한 여인,
어린 자식들 위해
무쇠 솥뚜껑 열고 계셨습니다

저승에서 이승으로
흔들리는 향불 앞에
넙죽, 큰절 올립니다

깊은 밤엔

어디선가 흐느끼는 소리 들려온다
창을 열고 살펴보니
가로등 밑에 엎드린 바람
태양빛 아래 부지런히 움직이더니
별빛 아래에선 눈물 흘리고 있다

사람이 바람을 닮았다
바람이 사람을 닮았다
낮 동안 소리 내어 깔깔 웃다가
깊어가는 밤
마음 한구석 허전하여
남몰래 눈물 흘린다

바람의 눈물도 사랑이고
사람의 눈물도 그리움이다
홀로 눈시울 적신다는 것은
따듯한 가슴으로 살고 있는 증거이다

2부

다양한 표정

통곡 흐르는 초상집에 다녀올 땐
국밥 한 그릇, 숟가락질하는
삶의 의미 생각하면서
풀어헤친 단추 채우게 된다

낙엽의 말

가을 만끽하지 못하고
나무 곁을 떠나고 싶겠습니까

바람 탓이었지요
바람에게 손이 있어
목덜미 후려치기에
발버둥 쳐보았으나 견딜 수 없었지요

나무 위에 매달려 있는 동안
그렇게 지는 사람들도
더러 보았습니다

가을 햇살 좋은데
성질 급해 떠나는 건 아닙니다
추락하고 싶어서 지는 건
더더욱 아닙니다

내 목덜미 움켜잡는
바람의 힘 견딜 수 없었습니다
홀로 추락해야 했던 이유
지금도 모릅니다

나물 펼쳐보니

재래시장,
나물 한 보따리 사들고 와서
펼쳐 놓았더니
파릇파릇 생기는 죽고
시들어버린 인생만 느껴지더라

양손으로 매만지며
뒤적거렸더니
느껴지는 촉감 다르더라
나물 키울 때
눈물 먹였기에
저 푸른빛 띠었음을
알겠더라

눈발자국

아무도 밟지 않은 눈길
설렘으로 걸어보았나요

뽀드득 소리 위에
예쁜 발자국 찍어 보았나요
뒤돌아서서 바라본 적 있나요

삶, 눈발자국처럼 순백일 수는 없겠지만
그렇게 아름다울 수 있다는 것을
알고 계시나요?

뒷굽

—짝

길 걷는데
기우뚱 거린다

마모상태가 다른
구두 뒷굽

중심이 맞지 않아
제 짝이건만 불편하다

사람도 그러하다
인연도 그러하다

라오스의 아이들

맑고 맑은
강물에 뛰어노는
송사리 떼 같았지

스마트폰 무엇인지 모르고
피아노 학원도 다니지 않는
풋보리 같은 아이들

눈망울 흔들흔들
수줍은 그 미소
눈감으면 아른거리네

서울에서 잃어버린
유년 시절 내 모습이
바로 그곳에 있었네

다양한 표정

누군가
식탁에 앉아
숟가락질 하다 말고
목이 메어 운다

누군가
식탁에 앉아
휴대폰을 꺼내들고
행복에 젖어 있다

누군가
식탁에 앉아
침묵으로
밥알을 헤아리고 있다

밥그릇 앞에 놓고
슬픈 사람,
행복한 사람
표정은 다양해도

때가 되면
허기 채우는 식탁에 앉아야 하는 것
슬퍼도 슬픈 표정 짓지 말자
기뻐도 기쁜 표정 짓지 말자
숟가락질 않고는 살아갈 수 없으니

마음

이른 아침부터
별빛 반짝일 때까지
나는 어디도 가지 않고
이곳에 머물고 있다

육신 떠난 마음
산으로
바다로
휩쓸고 다녔다며 보고를 한다

무임승차,
전국을 돌아다니다
빈 껍질뿐인 육신 찾아와 깃드니
참으로 다행스럽다

통제할 수 없는 마음
내일은 또 어디로 달아날 것인가
피곤에 지쳐 탈진한 밤
영과 육, 분리된 갈등만 계속되고…

만두 먹는 아이

하얀 접시
만두 하나 올려놓고
홀쭉한 배 채우더니
배꼽 두드리며 활짝 웃습니다
만두 하나로
이 세상을 다가진 듯
포만 느끼는 아이의 미소처럼
우리도 욕심 없이 살아갈 수는 없을까요
자기 접시에 놓인 것으로 만족하여
남의 것 탐내지 않을 수는 없을까요

헐렁한 티셔츠 끌어올린 채
밝게 웃는 아이의 미소
정녕 내 것이었으면 좋겠습니다

무, 썩다

멀리 제주에서 왔다는
매끈한 무가 썩어버렸다
설령 사람의 뱃속으로 들어간다 한들
고운 형체 유지할 수는 없겠지만

그냥 있어도 썩어 버려지고
사람의 뱃속으로 들어가도
부패하여 버려지니
썩지 않는 것은 아무것도 없을 것이다

외출 준비
화장대 앞에서
버려진 무가 생각나
그냥, 립스틱만 발랐다

문상 1

언제부터인지 모르지만
슬픔으로 통곡해야 할
영안실이 밝아졌다

저승으로 가시는 길
인연 맺은 환송객은 북적대지만
이별을 아쉬워하는 눈물들이 사라졌다

네온 조명에 밀려 사라져간
낡은 손 간판같이
한 번 사라진 것들은 되돌릴 수 없는 것일까

시멘트 바닥 금이 가도록 두들기며
하늘이 무너졌다, 대성통곡하던
그 옛날 영안실이 그리워진다

어디선가 들려오는 흐느낌 추적하여 보니
향불 연기에 휩싸인 고인의 영정만이
눈물 흘리고 있었다

문상 2

장례식장에 가서
고인의 명복을 빌며
향불 피울 땐
하늘 길 가신
내 부모도 만난다

웃음 넘치는 잔칫집 보다
통곡 흐르는 초상집에 다녀올 땐
국밥 한 그릇, 숟가락질하는
삶의 의미 생각하면서
풀어헤친 단추 채우게 된다

가구, 입을 열다

밤마다
흘러간 추억들이 뛰어놀면서
불면으로 뒹굴게 하던 허전한 공간들
새 가구로 채웠습니다

확 달라진 분위기
행복에 젖어 한 잔 커피를 마실 때
전입신고를 마친 가구
입을 열어 말합니다

낡은 것 버리고 교체하는 기쁨
어쩌면 마지막일지도 모른다고
나는 아무 말도 하지 못한 채
고개 끄떡이며 수긍할 뿐입니다

가을하늘을 보면

투명한 가을하늘을 보면
한 마리 새가 되고 싶다
한 마리 새가 되어
그 품에 꼭 안기고 싶다

마음,
몸,
구름같이 가볍게 하여
날아오르고 싶다

맑고 맑은 하늘의 품에 안길 수 있다면
하룻밤 잠들 수 있다면
스쳐가는 장맛비 같은 것들
다 버리고 싶다

푸른 하늘 올려다 본다
높은 하늘 바라만 본다
오늘밤엔 새가 되어
훨훨 나는 꿈을 꾸고 싶다

가을바람

깊어가는 밤
누군가 나를 부른다
창을 여니
초롱초롱한 별빛만 보인다

불 밝힌 채
숨죽이고 있는데
누군가
다시 나를 부른다

커튼 걷고
창을 여니
만추를 알리는
가을바람

잠들지 못하고 뒹구는 모습
붉은 낙엽 같아
그냥 갈수 없었노라
웃으며 전해주네

고래[*]

태평양 건너와
장생포에서 헤엄치던
날렵하고 핸섬한 고래 한 마리
내 이름표를 붙였다

넓고 넓은 도심의 바다,
한 십년 동안
종횡무진 누비고 달릴 것이다

참돌고래 있는 곳에
내 꿈도 있고
시원하게 내 뿜는 물줄기로
삶의 갈증 씻어내야 하리니

가자,
고래여
수평선 너머
꿈을 찾아서
행복을 찾아서

[*]고래: 새로 구입한 승용차의 애칭

골목길 걸을 때

1960년대
상도동 밤골마을[*] 풍경이 담긴
흑백 사진을 봅니다

좁고 좁은 골목길도 변했습니다
함석, 스레트 지붕들도 달라졌습니다
햇빛 그을린 얼굴들도 사라져갔습니다

영원한 것은 침묵하고 있는 길뿐입니다
골목길 걸을 때
사라지고, 남겨지고, 변하는 것에 대하여
생각이 깊었습니다

*밤골마을: 상도2동 신상도초등학교 왼쪽 능선을 타고 들어 앉아 있다.

깨어나지 않는 목련

상도동 언덕배기,
부모 잃은 유복자로 태어나
한 백 년 사는 동안
훤칠한 키, 잘생긴 외모 탓에 인기도 많았지

먼 길 가던 바람들, 그 품에서 쉬어가고
허공을 날던 새들 어깨에 내려앉아
조잘조잘 속삭이다 가지만
싫은 표정 단 한 번 짓지 않았네

봄바람 다가와 슬픈 눈물로 흔들고 있건만
깨어날 줄 모르는 그 이름, 목련나무
어젯밤, 한 생을 마치고 고요히 잠들었네
아, 끝없이 사랑하고 싶었던 내 친구이어라

멀리서 바라보면 볼수록 믿음직스럽고
가까이 다가서서 숨결 느끼면
내 가슴 콩콩 뛰게 하던
사랑스런 친구였었지

이제는 더 이상
활짝 웃는 너의 모습 볼 수 없으니
나는,
나는 어쩌란 말이냐

까치의 나무 사랑

나는 날마다
창을 열고
까치둥지 확인하며 안부를 묻는다

뿌리 말라 서서히 죽어가는 나무와
생사고락 함께 하는
천사의 삶을 확인한다

시시때때로 각혈하는
병든 나무의 곁을 지키며
지극정성으로 돌보고 있는 새

사람 같으면 벌써 떠났을 것인데
둥지 버리고
제 살길 찾아갔을 것인데

호스피스 병동
암 환자를 돌보는 봉사자처럼
죽어가는 님을 위하여 기도하고 있다

3부

가을 편지

바람에 흔들리고, 비에 젖어도
서로 껴안고 인내하는 것이
삶이라는 것을 알았다

나무의 온기

한파에 떨고 있는 나무의 심장에
손바닥 대어보니 온기가 전해진다

눈보라 속에서
찬바람 속에서
희망이란 꿈을 품고 있기에
햇볕 바라보며 견디고 있는 것이다

새해 첫날, 살아 숨 쉬는 것들은
어디에 있던지 온기가 느껴졌다
촉촉한 입김으로 대지를 데우는 봄
아직 멀리 있지만 절망하지 않았다

길거리 나무의 몸뚱어리에서 느껴진 온기
그건, 희망이었다
미래를 잉태한 아름다운 꿈이었다

낙엽 붉게 물드는 가을엔

울긋불긋 옷을 갈아입는 산
바람을 타고 흘러내린 물감은
도시의 사람들까지 물들이고 있다

붉은 등산복 걸치고
삼삼오오
도심을 탈출하는 미소
행복에 젖어 붉게 타 오른다

이 가을에
낡은 염원 하나씩 꽃잎 위에 던지면서
추억 길 걷고 싶지 않은 이
어디 있을까

낙엽 붉게 물드는 가을엔
항상, 고독과 슬픔이
불면으로 뒹군 가슴 빨갛게 물들인 채
홀로 별빛 향해 노래하곤 한다

담쟁이 벽을 타다 1

붉은빛 담쟁이
혼신의 힘을 다해
벽을 탑니다

슬피 울다 햇빛에 마르고
깔깔 웃다 바람에 지워지는
위태로운 벽을 탑니다

하늘 향해 뻗는 저 견고한 벽
한평생 몸부림치다 가는
이 세상입니다

담쟁이 벽을 타다 2

회색빛 벽을 타는
담쟁이 보면서
세상사는 법을 배운다

손에 손을 잡고
끌고 당기는 사랑을 보면서
서로 공존하는 의미를 알았고

바람에 흔들리고, 비에 젖어도
서로 껴안고 인내하는 것이
삶이라는 것을 알았다

등대에게 묻다

긴긴밤
어둠을 밝히고 지쳐있는
성산포 앞바다
등대에게 물었습니다

어디로 가야지만
행복의 포구에 닻을 내리고
인생의 배
흔들림 없이 정착할 수 있겠느냐고

바람결에 전해주는
등대의 대답
가슴 속 불 밝히고
지혜의 눈 부릅뜨고 멀리 보라 말합니다

멀리 보았더니
끝없이 펼쳐진 수평선입니다
높이 보았더니
흘러가는 구름입니다

등대도
나도
마주 보고
웃었습니다

마음먹기

나이를 먹을수록
삶은 허무해진다는데
세월이 흘러갈수록
삶은 울적해진다는데
나는 그렇지 아니하다

어제보다 오늘이
오늘보다 내일이
하룻밤 자고 나면
하늘빛 더 푸르게 보이고
커피 향은 더 그윽하다

이른 아침부터
저녁 늦은 시간까지
사람들 속에서
부지런히 움직이는
내 모습이 좋다

삶,
울적해지고 행복해지는 건
마음먹기에 달린 것
립스틱 바른 채
거울 앞에서 활짝 웃어본다

돌의 숨결

길거리 뒹구는
쓸모없는 돌들을 주워
꽃밭을 꾸몄다

시멘트 화단엔 자연스러움이 없는데
돌과 돌이 모여 꽃을 지키니
도심의 산길 같이 멋스럽다

이른 아침
화초에 물을 줄 때면
햇살 속에서 들려오는
묵직한 숨소리를 듣는다

행복에 젖은 돌의 숨결이다
이 세상에서
영영 쓸모없는 존재는 없다는 것을
스쳐가는 바람에게 전하고 있었다

가을 편지

그대여
곱게 물든 낙엽 위에
몇 글자 적습니다

편지지가 너무 좁아
우표 붙일 곳 없어
그냥 푸른 하늘 위에 올려놓습니다

찬바람 불기 전
무서리 내리기 전
숨결 느끼며, 행복했다는 답장
꼭 보내주세요

사랑합니다

몸의 무게

이른 아침
몸의 무게 느끼며
두 눈을 뜬다

지난 밤
천근만근 무겁더니
다행스럽게도 솜털같이 가볍다

삶이란
몸의 무게처럼
희비가 교차하는 것

때때로 비에 젖어도
절망하지 않는 것은
찬란한 태양이 솟기 때문이다

인생길에서 느끼는
몸의 무게는
항상 달랐다

무꽃

뿌리 뽑힌 무에서
생명이 솟는다
밭을 떠난 몸뚱어리에서
시퍼런 꽃 계속 핀다

육신은 말라가도
꽃은 시들지 않고
돋는다

생을 다하지 못하고
떠난 친구가 생각난다
친구야, 꽃으로 피거라
무꽃 같은 영생의 꽃으로

바닷가 모랫길

길을 걸었습니다

딱딱한 아스팔트 길이 아닌
바닷가 모랫길을 걸었습니다

총총 걷는 도심의 발자국은
매연으로 지워지지만
낙조 따라 걷는 바닷가 모랫길은
파도가 지우고 갑니다

길을 걸으면 발자국이 남습니다
발자국 속에는
말 못 할 사연들이 숨어 있지만
우리는 모른 채, 밟고 지나갑니다

수많은 발자국이 찍힌 길을 따라서
걷고 걷다가 관절이 꺾여
은빛 모래알로 사라지는 것
그것이 삶입니다

내 마음속 짙게 깔린
추억 밟으며 걷다가
길은 그냥 걷는 것이
아니라고 속삭이는 해풍을 만나
인생 이야기, 꽃피웠습니다

가을 코스모스

가을바람에 흔들리던 꽃
이젠 옛말이다

계절 잊은 채
때를 잊은 채
아무 때나 피었다가
뙤약볕 아래 진다

분수 모르고
자기를 모르고
무작정 춤추는
현대인들을 닮았다

난 가을 코스모스이고 싶다
연약한 허리를 가졌지만
때가 아니면 결코 피지 않는
귀한 꽃이고 싶다

고성 통일전망대에서

늦가을
붉은 낙엽들이 고개 숙인
그곳에는
세찬 바람이 불고 있었다

남에서 북으로
북에서 남으로
왕래하는 바람도 슬픈지
지뢰밭 숲에서 흐느끼고 있었다

산골짜기
어딘가에 묻힌 채
고향을 흠모하는 영혼이 있음을
알려주고 있는 것 같았다

망원렌즈엔
녹슨 철모 얼핏얼핏 보였지만
그 영혼 위로하는 억새의 춤사위만
한 맺힌 죽음 위로하고 있었다

굴렁쇠

대학로 마로니에 공원
환갑은 지난 초췌한 얼굴 하나
자신의 주름살 위로
굴렁쇠 굴리며 지나간다

발걸음 멈추고 지켜보는
수많은 시선들 사이로
사르르사르르 굴리는
노년의 동심

아슬아슬 인생길
한 눈 팔지 않고
쓰러져 신음하지 않고
세월의 고갯길 지나 여기까지 왔을까

풀었다가
쥐었다가
쇠막대기 조절하듯
넥타이 졸라맨 인생 목표
무엇이었을까 궁금해진다

귀성길 풍경

정체 극심한 고속도로
우연히 마주친
생글생글 웃고 있는 눈빛 하나
명절 고통에서 벗어난 것 보니
시댁 아닌
어머니 품속에 안겨
하룻밤 쉬었다 오나 보다

두 눈 크게 뜨고 찾아봐도
친정집 다녀오는 행복한 눈빛은
드물다

김포 문수산에서

봄바람과 함께 걷고 싶어
10년, 방치해둔
등산화를 꺼내 신고
산을 올랐다

한 걸음
한 걸음
가슴 속, 고뇌를 뱉으며
오르기는 쉬웠지만
하산 길은 힘들었다

봄풀 바라보다
넘어지고
푸른 하늘 구름을 바라보다
미끄러지고
비탈길 아슬아슬 걷다가
다리 힘이 풀려 넘어졌다

시산제 지낸 막걸리 한 잔에
3번 넘어진 깨달음을 띄워 마셨다
힘들게 오른 길보다
평탄한 내리막길에서
더욱 조심해야 한다는 것을…

길에 대한 사유

고속도로 위에서
길이 막혔다

고향으로 가는 길
행복으로 가는 길
뒤돌아 돌아가는 길
이 길 저 길 모두 막혀버렸다

초초한 눈빛들끼리
침묵으로 위로하는
고속도로 위에서
생각이 깊다

훨훨 나는
날개를 가진 사람은 아무도 없고
길 위에선 기다림뿐이다
길 위에선 느긋함뿐이다

나목

파산, 태풍이 지나간 후
잎새 한 장 건지지 못하였으니
가진 건 병든 몸뚱어리뿐
엄동설한, 벌거벗고 서 있어도
화려하게 재기할 수 있는 봄이 오고 있어
주정뱅이 배설물,
너그럽게 받아 주고 있구나

4부

그대가 있어 행복합니다

무엇을 기다리느냐고
관심 있게 묻지도 말고
나도 모르는 것을 기다리고 있기 때문에
할 말이 없다

갈증

새벽잠 깨어
냉수 한잔으로 갈증 씻어내고
달아나버린 잠, 청하지만 쉽지가 않다
말간 물로 씻어낼 수 있는 목마름이 있고
그 무엇으로 해결할 수 없는 고뇌가 있다

짜디짠 바닷물 들이킨 것 같은 지독한 고통
수십 년 묵어버린 고질병이다
삶의 갈증,
하늘이 주신 것이니
소중하게 끌어안고 내 갈 길 간다

내 남자

오늘도 사리원엔
수많은 발자국들
머물다 사라져가고
그 발자국 뒤따라 온 웃음들
식탁 위에 흩어져 뱃속으로 들어가고
마음을 흔드는 달콤한 소리들은
허공에서 회전하다 바람으로 사라져 갔다

내 안의 내 남자
온종일 어디를 떠도는지
그만,
끝내 오지 않았다

늦둥이 아들의 키

휙, 스치며 계단을 오르는 아들의 키가
오늘따라 훌쩍 커 보입니다
키가 크면서 부끄러움도 늘어
벌거벗겨 비누질할 수도 없습니다
잠이 들 때면 젖가슴 만지작거리던 습관
찰거머리 포옹도 사라져버렸습니다
살가웠던 어미와 아들 사이
간격은 점점 벌어지고 있습니다
제 스스로 푸른 하늘에 닿으려고 뒤꿈치 드는
아들의 키는 금년에도 부쩍 컸습니다
어미는 자꾸만 작아집니다

가을은 길 떠나는 계절

서울 하늘에 갇혀 버린
내 모습이 싫어
보문산 추억 길 떠났더니
고속도로 위에서 발이 묶여버렸다

좀처럼 소통을 허용하지 않는 길 위에서
고독한 눈빛끼리
서로 마주 보며
침묵의 위로를 보내고 있다

가슴을 파헤치는 쓸쓸한 바람
가을에만 불지는 않는데
열린 창, 지친 몰골마다
고독이 묻어나는 이유는 무엇일까

텅 빈 가슴
사랑으로 채우고 싶은 욕망이 깊기 때문일 것이다
길 떠나지 않고는 견딜 수 없는 계절
다음엔 기차를 타고 억새밭으로 가리라

가을의 징조

뜨거웠던 여름날의 기억 정리하는데
잠이 쏟아져 견딜 수 없다

밤하늘 별들마저
꾸벅꾸벅 졸고 있다

깊은 산 속 나무도 잠들어
한 마리 새 몰래 다녀간다

바람, 온 세상 떠돌며
수면제 섞인 비 뿌리고 있다

강물

흘러간 강물
다시 돌아오지 않듯
흘러간 세월
역시 그러합니다
그것을 알고 난 후
실어증(失語症) 앓았고
변화의 물결 잔잔하게 일었으니
굽이굽이, 흘러가는 강물 모아
이 밤 그대에게 시를 씁니다
저 별들 목축이도록
이 밤 시를 씁니다

그대가 있어 행복합니다

내가 슬플 때
함께 흐느낄 수 있는 눈동자
내 곁에 있어 행복합니다

내가 기쁠 때
함께 웃을 수 있는 미소
내 곁에 있어 행복합니다

혼자 슬퍼하고
혼자 웃는다면
지독한 슬픔에 빠질 것입니다

고운 정
미운 정
함께 나눌 당신
그대가 있어 행복합니다

겨울비

깊어가는 밤
상처받은 이들의 절망이 한꺼번에 쏟아진다
슬픈 이들의 눈물이 뚝뚝 흘러내린다
고독한 이들의 외로움이 창을 두드린다

그래서 더 차갑다

따뜻한 내 가슴 속
얼음덩이를 만든 채
싸늘하게 웃고 있는
저 겨울비

그래도
사랑하자

계단의 의미

누군가
무거운 마음으로
밟았던
계단을 오릅니다

누군가
가벼운 마음으로
밟았던
계단을 오릅니다

충충 계단, 늘 그 자리에 있는데
목소리는 허무 속으로 사라져갔고
시간은 고요히 흐르고 있는데
초침 속을 걷던 발자국은 지워져 버렸습니다

우리들의 인연 아름답지만
영원하지는 못하기에
손과 손을 잡고 서 있는
이 시간이 귀하게 느껴집니다

바람 부는 길 위에서
인연 따라 만났으니
삶의 계단, 함께 오릅시다
한 목소리로 노래하며 춤을 춥시다

고구마 저장소

삭막한 도심을 떠나고 싶었다
심적 허기를 채울 수 있는
무엇인가를 발견하고 싶었다

서천 시초교회에 가서
신선도를 유지시키는
고구마 저장소를 보았다

적절한 온도 유지,
썩지 않도록 보관하는 곳간,
출출 할 때,
구워 먹고 삶아 먹는 곳간

내가 갖고 싶었던 건
탁류로 흐르는 삶,
썩음을 방지하는
이것이었는지도 모른다

텅 빈 마음속에
시심(詩心), 저장소 하나 만들어놓고
오늘 밤,
잃어버린 웃음 되찾는다

고귀한 유산

이북 땅, 사리원이 고향이셨던 어머니
당신의 손맛은 죽지 않고
영원히 살아 있습니다

삼복더위 고추 따다가 낳은 외동딸
애지중지 아끼던 당신의 사랑은
영원히 살아 있습니다

님은 가셨지만 당신의 영혼은
만두의 맛으로 환생하여
오늘날까지 저와 함께 움직이고 있습니다

어머니,
이 세상에서 위대한 사랑은
결코 죽지 않습니다

펄펄 끓는 가마솥 만둣국 열기
당신이 남겨 놓은 애틋한 사랑입니다
당신이 물려주신 고귀한 유산입니다

고지리

고요한 마을
경기도 안성시 미양면 고지리
김내식, 김귀녀 부부시인이 산다

일 년 만에 다시 찾아 몰래 살펴보니
안방, 사랑으로 볶은 깨 몇 말
더 쌓인 것 외엔 달라진 것 없더라

군고구마

불꽃 속에서
비명 한 번 지르지 못한 채
탐스런 속살 드러낸다

달콤함 뒤에
묻어나는
숯검정의 흔적들

환란, 고통 속에서
제 몸 태우지 않고서는
누군가의 허기 채워줄 수 없다는 것
너에게서 배운다

손바닥
입가에 묻은 살점조차
삶의 진리 말해주고 있다

기다림

하루를 시작하는 발걸음이 바쁘다
열두 시가 되기 전 식탁에 앉는 사람들
그 앞에 놓인 뜨거운 만둣국에서 솟아오르는
허연 수증기는 무엇을 말하려다 사라져가는 것일까
날마다 기다리는 일상에 익숙하지만
기다림이 삶과 연결되어 있다는 것을 알기에는
너무 긴 시간이 흘러버렸다

오늘도 기다리고
내일도 기다려야 한다
수 없는 사람들이 마주치며 지나갔지만
아직도 내가 기다리고 있는 것은
허공에서 일정한 거리를 유지하고 있는
저 붉은 태양처럼
손에 쥘 수 없는 것

그러니
무엇을 기다리느냐고
관심 있게 묻지도 말고
나도 모르는 것을 기다리고 있기 때문에
할 말이 없다

기쁨

내 마음속에는
어릴 적부터 피어 시들지 않는
기쁨이란 꽃이 피어 있다

삶의 무게 짓눌러 가슴 답답할 때
꽃향기 맡으면
외로워도 좋고 슬퍼도 좋고
힘이 솟는다

긍정적인 눈빛으로 세상을 향해 걷고
부드러운 미소로 사람들 대하다 보면
스스로 행복해진다

내 마음속에 피어 있는
기쁨이란 꽃
만나는 사람마다
나누어 주고 싶다

길에 대한 인식

딱딱한 아스팔트 길과 대화를 한다
싯누런 황톳길과 대화를 한다
귀가 어두울 때는
무시로 말을 거는 길의 요청을 묵살했었다

수많은 사람들이 걸어간 길을 따라
내 사랑하는 아버지, 어머니도 가셨다
병실에서 신음하다 떠났지만
그것이 길 위에서 이루어졌음을 이해하지 못했다

모든 생명은 길 위에서 온다
먹고, 마시며, 웃고, 울다가 길 위에서 간다
그 끝은 갈라져 있음을 인식하지 못하고 산다
길 위에서 길의 끝을 보는 눈을 떴다

최근의 일이다

끈

시골에 계신 어머님
구정 명절 귀향 하지 못하는 며느리 위해
이것저것 챙겨 보내셨다

펼치는 물건마다
사랑이 흩어지지 않도록
투명한 끈으로 단단히 묶여 있다

예리한 칼로 자를 수 없고
날선 가위로 끊기도 힘든
질기고 질긴 끈
인연이다

혼자서 식탁에 앉는 사람을 보면
살며시 그 옆에 앉아
친구가 되어주고 싶을 때가 있다
외롭게 살아가는 것이 힘들지 않느냐고
몇 마디 물어보고 싶을 때가 있다

나이 들어간다는 건

우수수 쏟아지는
낙엽 비에 젖어 슬퍼하지 말고
잿빛 하늘 바라보며
눈물 글썽이지 말자

나이 들어간다는 건
삶의 완숙에 이르는 과정
아등바등하던 마음이 넓어져
평화로움이 깃들어가는 것이다

단풍잎 물들어
아름다움을 넓히듯
삶을 채색하는 빛깔의 선택을 위해
해마다 고뇌하는 과정일 뿐이다

점점 나이 들어간다는 건
사랑의 완성에 이르는 길이고
생의 소중함을 깨닫는
무지갯빛 행복인 것이다

눈(眼)

요즘
창이 낡아
렌즈에 의지하여
살아가는데

요즘
창이 낡아
이 세상 것들이
침침하게 보이는데

이상하네요
참으로 기이하네요
낮달 같이 흐릿하던 내 모습
점점 또렷해지고

허공 지나는 구름 사이
가끔씩 무지개 뜰 때쯤
돈 세는 일,
그 보다 더 소중한 것이 있음을 느끼게 됩니다

마음으로부터 오는 봄

먼 산, 잔설 쌓였는데
겨울 같은 봄
봄 같은 겨울
번갈아 다가오고

외출 삼갔던
마음 골짜기엔
버들강아지 실눈 뜨듯
설렘, 그리움, 꿈틀거리기 시작한다

대자연
순색의 생명들 기지개 켜기 전
마음에서부터
봄꽃 피어나고 있다

마지막 비

이른 새벽부터
바람이 불고
겨울을 예고하는 비가 내린다
금년 마지막 비에 지는
나뭇잎 한 장 애처롭기만 하다
이런 날 이별의 술잔을 기울이며
작별하는 연인들이 있다면 얼마나 슬플까
하늘 향해 살며시 손을 내밀어본다
마지막 비라서 그런지 차갑다
손끝이 시려온다
차라리 하얀 눈으로 내리는 것이 한결 포근하겠다

막걸리

오랜만에 갈증을 씻는다
한 잔, 두 잔 마시다보면
그리운 얼굴들 스쳐 지나가고
저 하늘 반짝이는 별들에게
전화를 걸고 싶어진다
아무래도 누룩은
내 가슴속 묵은 추억들까지 발효시키나보다
오늘 밤 너 때문에 잠들기는 다 틀렸다

맛에 대하여

뙤약볕 가슴 속
시원한 길을 트는
열두 냉면의 맛은
사랑인 것 같다

처음엔
열두 가지 재료로 충분했으나
지금은
더 많은 재료 혼합되어
열기를 식히는 폭포로 흐른다

세월 따라 깊어진 맛처럼
입맛 돋우는 사랑도 그러했다
신혼시절, 배부름은 곧 사라지고
맵고 짠 자극을 기대하기 때문이다

오직 한 사람 눈빛 바라보는 그대여
갈증 씻는 사랑도
감칠맛 나야함을 기억해야 하리니
묵묵히 희생하고 고뇌하는
맛깔스런 삶을 살자

맛을 내는 여자

사리원엔 싱싱하게 돋은 풀로
맛을 내는 그녀가 있다
그녀의 정성, 그릇에 담그면
오래도록 기억에 남는 그 맛으로 변신한다
그녀가 우려내는 맛의 비결은 무엇일까
사랑하는 이에게 날마다 바친 세끼 밥상
정성껏 차려내는 순종의 길 걸었기 때문일까
쓴맛, 단맛, 체험하며 인생길 걸어온 여자
그는 길가에 돋아난 풀을 뽑아
진수성찬 차리는 비결을 깨우쳤다

사리원엔 싱싱하게 돋은 풀로
맛을 내는 그녀가 있다
장작더미 불가마 도자기를 구워내듯
유약 발라 불변의 맛을 재현해 내는 그녀가 있다

고독한 식사

혼자서 식탁에 앉는 사람을 보면
살며시 그 옆에 앉아
친구가 되어주고 싶을 때가 있다
외롭게 살아가는 것이 힘들지 않느냐고
몇 마디 물어보고 싶을 때가 있다
밥그릇 비워지면 가득 물을 부어
목마른 갈증 씻어버리도록 도와주고 싶을 때가 있다

고독한 식사를 즐기는 사람들은
바람에 흔들리는 갈대같이 돌아서는 뒷모습도
쓸쓸해 보이기 때문이다

가을이 준 선물

온종일
머릿속 떠돌던
궁금증 하나
품에 안고 잠들었더니

시간과 꿈 사이
망각의 바람이 다녀갔는지
물안개 피어오르는
평화가 찾아왔다

살아가다 복잡할 땐
마음 비우고 눈 감아라
그리하면 평안이 임한다는 깨우침
가을이 준 멋진 선물이다

강으로 가고 싶은 붕어빵

금년에는 밀가루 값이 올라
천원에 세 마리밖에 주지 않았다

살이 올라 통통한 붕어
입에 물었더니
구수한 냄새와 혼합된 또 하나의 냄새
비릿하다

빵틀, 불꽃 위에서 구워졌지만
비늘도 있고
지느러미도 있어
물속에 던져 놓으면 헤엄을 칠 것 같다

끔벅거리는 눈빛과 마주쳤다
수초 우거진 강물로 돌아가고 싶은 가 보다
붕어가 돌아가고 싶은 그곳은
우리 모두가 가야 할 강이 아닐까

계란 프라이

세월의 무게 같이 착 달라붙은
옆구리 살 때문에 시작한 다이어트
흰자만 걷어먹고 노른자만 외면한다

잠시 후
접시에 말라붙은 액체
툭 떼어 버릴 때 씁쓸한 기분

오늘도 나는
껍데기 취하고 알맹이 버렸다
소중한 인생을 버렸다

그릇

주방 한 구석
말갛게 씻어
엎어 놓은 그릇들이
웃고 있다

들어가며, 나오며
살펴봐도
만둣국 그릇이 아니다
해맑게 미소 짓고 있는 사람 같이 보인다

이빨 빠진 것 하나 없는 고른 삶
배고픈 사람들에게
제 심장까지 내어주는
아름다운 봉사자들이다

그릇들이 사람으로 보이던 날
나는 생각이 깊었다
밥그릇, 국그릇 되어
누군가의 허기를 채워주고 싶었다

열무김치 담그며

삶이란
좁고 좁은 양은 그릇 안에서
끼리끼리
공존하는 것

열무는
열무끼리
배추는
배추끼리

끌어안다가
사랑하다가
정든 고향 흙냄새 그리워
눈물 흘리다가

깔끔한 식탁 위에 놓여
목마른 사람들 갈증 해소시켜주고
본분 다한 듯
고요히 사라져 가는 것

열무김치 담글 때마다
맛깔스런 인생
희생적인 삶
살아가리라 다짐해본다

꽃나무가 말하더라

긴긴 겨울 이겨낸 꽃나무가 말하더라

찬바람 견디노라 힘들었다고,
아무도 찾지 않아 고독했다고
때론 밤새도록 흐느껴 울었노라고

한 사람, 인생나무도 그랬을 것이다
찬바람 부는 냉정한 시대를 탓하며
산비탈 뿌린 내린 척박한 현실을 탓하며
엉엉 흐느껴 울기도 했을 것이다

비에 젖는다는 것은 아픔,
바람을 견디는 건 두려움이겠지만,
그대여 어쩌겠는가
향기로운 꽃, 피워가는 과정인 것을

봄날

긴긴 겨울 이겨낸 꽃나무가 말하더라

나도 꽃피우고

너도 꽃피워

덩실덩실 춤판 한번 벌여보자고

끝을 맺지 못한 시

완성하지 못한 채
컴퓨터 속에 갇혀 있는
시가 있다
펼쳤다가 그냥 덮으니
일부러 끝을 맺지 않는 것일지도
모른다

어느 날
향기로운 꽃을 보고
고독한 나비의 춤사위를 보고
어울리는 단어를 찾을지 모르지만
끝을 맺지 못한 그 시가
내 친구의 인생을 닮았다는 생각이 든다

그는
애지중지하던 딸을 출가시키지 못하고
이 세상을 떠나고 말았다
미완성의 시로 남겨진 딸
시집갈 생각이 없다고 외치고 다닌다

내 친구가 남겨 놓은 미완성의 시는
삶의 의미를 찾아 전국을 돌아다니고
내가 쓴 미완성의 시는
컴퓨터 속에 갇혀
때를 기다리고 있을 뿐이다

현상에 대한 사물의 본질 탐구

손희락(시인·문학평론가)

해설

현상에 대한 사물의 본질 탐구

손희락(시인·문학평론가)

1. 시에서 감지되는 느낌

제4시집을 상재하는 유승배의 시는 언어적 따스함이 감지된다. 여성 시에서 시적 온기가 느껴진다는 건, 아름다운 세상을 소망하는 자아가 겸손, 온유하다는 뜻일 것이다. 시의 독자는 주제 안에서 시인을 유추한다. 단 한번 눈빛 마주친 적 없어도, 자주 만나 교감한 듯, 착시 상태에서 행복에 젖는다. 언어를 사이에 둔 황홀한 교감이 아닐 수 없다. 시공간은 언제 어느 때 만나자는 약속도 필요 없다. 한 편 시를 음미하기만 하면, 시공 초월, 교감이 가능하다.

『독백』(2007), 『작은 행복』(2008), 『가슴에서 피는 꽃』(2009) 등 시집을 출간할 때마다 시적 상상력이 점층적으로 확대되었음을 확인하게 된다. 의미 소통 면에서도 별 문제가 없다. 주제와 연결된 메시지를 안착할 때, 독자를 배려한 소통을 중시한다. 이는 진정한 시인이기를 염원하는 고뇌의 몸짓이다.

> 혼자서 식탁에 앉는 사람을 보면
> 살며시 그 옆에 앉아
> 친구가 되어주고 싶을 때가 있다
> 외롭게 살아가는 것이 힘들지 않느냐고
> 몇 마디 물어보고 싶을 때가 있다
> 밥그릇 비워지면 가득 물을 부어
> 목마른 갈증 씻어버리도록 도와주고 싶을 때가 있다
>
> 고독한 식사를 즐기는 사람들은
> 바람에 흔들리는 갈대 같이 돌아서는 뒷모습도
> 쓸쓸해 보이기 때문이다

　―「고독한 식사」 전문

　2연 10행으로 짜인 이 시에서 '시인의 천성'을 감지할 수 있다. 혼자서 밥을 먹는 손님을 바라보면서 "친구가 되어주고 싶고 / 외로운 삶을 위로하고 싶다"는 화자는 지금 카운터에 앉아 있다. 그의 관심은 동행이 있는 테이블보다 혼자 있는 '손님'에게 집중된다. 오랜 단골인지, 아닌지는 중요하지 않다. 고독한 손님을 향한 심적 관심이 돋보인다. 1연 6행에서 "밥그릇 비워지면 가득 물을 부어" 주고 싶다고 진술한다. 2연 2행에서는 그렇게 하고 싶은 이유가 표출되었다. "돌아서는 뒷모습도 / 쓸쓸해 보이기 때문이다." 참으로 고운 심성이다. 화자는 음식을 팔고, 돈만 받는 그런 사업을 하고 있지 않다. 맛깔스런 식사와 함께 사랑의 온기를 최대한 제공한다. 유승배의 시가 진솔하면서 따뜻한 것은 유전된 DNA 때문이다. 움켜쥐기보단 나누고 싶고, 받기보단 주고 싶어 하는 심적 욕망이 언어와 혼합된 탓에 독자가 체감하는 시적 느낌이 따스한 것이다.

고요한 마음
경기도 안성시 미양면 고지리
김내식, 김귀녀 부부시인이 산다

일 년 만에 다시 찾아 살펴보니
안방, 사랑으로 볶은 깨 몇 말
더 쌓인 것 외엔 달라진 것 없더라

—「고지리」 전문

이 시는 경기도 안성에 사는 '부부시인'을 방문한 시적 정황이다. 2연에서 일 년 만에 다시 찾았다고 구체적으로 진술한다. 이 시에서 돋보이는 점은 "안방, 사랑으로 볶은 깨 몇 말"에 대한 진술이다. '안방에 깨가 쌓였다'는 표현은 시적 상상력이다. 실제로 깨가 쌓여 있는 것은 아니다.

부부간 사랑이 깊어졌다는 의미일 뿐이다. 김내식, 김귀녀 부부시인의 사랑을 언어로 형상화했지만, 이미지 변형을 통하여 맛깔스런 시가 되었다. 시를 지배하는 분위기에 주목해보면, 사랑과 행복의 온기가 회전한다. 유승배 시에서 자주 포착되는 독특한 느낌이다.

2. 자아성찰과 시적 변용

유승배의 시는 다양한 주제로 씌었지만, '현실중심'이다. 모든 소재들이 일상 속에서 체험한 사건 및 현상들이다. 시인은 현상학적 인식을 통해서 사물의 본질을 탐구한다. 이때 중요한 건, 감각과 직관이다. 어떤 사건을 놓고서 모든 사람이 동일한 인식을 가질 수는 없다. 사람마다 감각과 직관에서 편차를 보이기 때문이다.

오늘도
냉면 면발을 씻듯
오염된 마음
문질러 본다

찬물,
대 여섯 번
헹구고 헹구었더니

쫄깃쫄깃, 탄력이 붙는다

정갈한 그릇 속담아
식탁 위에 놓듯
마음 씻어
맛을 내기는 어렵다

사랑하는 이 허기
채워주고 갈 수 있다면
기쁜 마음으로
헹구고 헹굴 것이다

　　—「마음 씻기」 전문

　　냉면 면발을 씻으면서 오염된 마음을 문지른다는 인식은 특이하다. 3연에서 "마음 씻어 / 맛을 내기는 어렵다." 표현한다. "문지른다.", "씻는다."는 진술에서 독자는 독특한 맛을 느낄 것 같다. '마음을 씻다'는 의미는 내밀한 성찰 행위이다. 냉면 사리에 달라붙은 끈적거림을 제거하듯, 마음에 달라붙은 불순물을 씻기 위해 몸부림친다. 시인은 철학자가 아닌 건 분명하지만, 절대자 앞에 서 있는 심정으로 자아성찰에 힘써야 한다. 좋은 시 창작의 원천이기 때문이다. 유승배는 자아성찰과 좋은 시 창작의 상관관계를 인식하고 있다. 독자에게 사랑받는 '좋은 시'는 성찰의 언어이다. 4연에서 "사랑하는 이 허기 / 채워주고 갈 수 있다면 / 기쁜 마음으로 / 헹구고 헹굴 것이다." 마무리한다. 냉면과 마음을 구분하지 않고, 하나로 묶었다. 면발도 마음도 씻어가며, 시를 쓴다. 시인이 욕망하며 집중하는 것은 음식의 맛인 동시에 언어의 맛이다.

세월의 무게 같이 착 달라붙은
옆구리 살 때문에 시작한 다이어트
흰자만 걷어 먹고 노른자는 외면한다

잠시 후
접시에 말라붙은 액체
툭 떼어 버릴 때 씁쓸한 기분

오늘도 나는
껍데기 취하고 알맹이 버렸다
소중한 인생을 버렸다

―「계란 프라이」 전문

이 시의 소재는 흔한 일상이다. 흔하디 흔한 소재에서 귀한 진리를 포착하여 안착한다. ① 옆구리 살을 빼는 다이어트 ② 계란 노른자 ③ 껍데기와 알맹이 ④ 소중한 인생에 이르기까지 화자의 의식은 확장된다. 노련한 시적 변용이 아닐 수 없다. '계란'이라는 사물을 놓고, 껍데기와 알맹이를 분리하고, 쓰레기통에 버린 '노른자'가 소중한 인생이었다는 직관은 예사롭지 않다. "계란 프라이"는 여성에겐 흔한 작업이다. 표면적으로 보면 별 의미 없는 행위지만, 시인은 액체에서 고체화되는 현상을 바라보며 사물의 본질에 다가선다. 시인의 눈과 일반인의 눈은 다르다. 시인의 의식과 대중의 의식은 분명 편차가 있음을 이 시에서 확인하게 된다.

3. 다양한 주제 ─ 시편 들여다보기

유승배의 시적 목소리는 다양하다. 세상에 존재하는 모든 것들 속에서 자신이 보고 느낀 것에 집중한다. 이미지 형상화와 시적 상상력도 자아 체험을 기반으로 독자에게 다가선다. 적절히 시작하고 마무리할 줄 아는 시적 재능은 남다른 바가 있다.

요즘
창이 낡아
렌즈에 의지하여
살아가는데

요즘

창이 낡아
이 세상 것들이
침침하게 보이는데

이상하네요
참으로 기이하네요
낮달같이 흐릿하던 내 모습
점점 또렷해지고

허공 지나는 구름 사이
가끔씩 무지개 뜰 때쯤
돈 세는 일,
그 보다 더 소중한 것이 있음을 느끼게 됩니다

──눈(眼) 전문

이 시는 침침한 '눈'이 소재이다. 눈이 침침해졌다는 진
술은 '노화'의 부각이다. 인간이 노화되고 늙어 간다는 것
은 운명적 죽음 앞에 이르렀다는 뜻이다. 시인은 사유한
다. 육신의 창이 낡아가면서 영적 눈이 또렷해지는 신비
한 현상에 대하여, 독자에게 말을 건다.

4연에서 "가끔씩 무지개 뜰 때쯤"이란 표현은 특이하
다. 자의식 속에 뜨는 '무지개'는 귀한 상황예고라는 깨우
침이다. 무지개 뜨는 그때, 인간은 삶과 죽음에 대하여 사

유하게 된다는 인식은 정확하다. 인생길에서 '무지개'는 전혀 예상치 못한 상황에서 뜬다. 어떤 사람은 병실에서, 어떤 사람은 경제적 고통 상황 속에서 떠오른다. "가끔씩"이란 진술은 그때가 삶을 반성할 수 있는 '귀한 때'라는 메시지이다. 나는 "돈 세는 일보다 / 소중한 것이 있음을 느꼈다"는 마무리는 시의 독자에게 사유할 수 있는 기회를 제공한다. 사람마다 다르겠지만, 시인의 목소리, 명확한 의미를 찾아서 독자는 반복하여 시를 읽고 사유하게 될 것이다. 눈이 어두워졌다는 것과 죽음이 가까워지고 있다는 인식은 동일한 의미이다.

오랜만에 갈증을 씻는다
한 잔, 두 잔, 마시다 보면
그리운 얼굴들 스쳐 지나가고
저 하늘 반짝이는 별들에게
전화를 걸고 싶어진다
아무래도 누룩은 내 가슴 속 추억들까지 발효시키나 보다
오늘밤 너 때문에 잠들기는 다 틀렸다.

—「막걸리」 전문

전연 7행으로 짜인 이 시는 추억을 소환하는 예쁜 시다. 시의 제목을 〈막걸리〉라고 붙였지만, 스쳐간 인연들에 대한 그리움이 내포되었다. "저 하늘 반짝이는 별들에게 / 전화를

걸고 싶어진다."는 표현에서 언어구사가 농익었음을 확인하
게 된다. 이 시의 별들은 하늘에 떠있는 것이 아니라 마음속
에 묻어둔 그리운 얼굴들이다. 때론 삶에서 망각도 필요하겠
지만, 그 존재들을 소환하여 추억에 잠기는 일도 행복지점이
아닐 수 없다. 6행에서 시인은 "누룩은 가슴 속 추억들을 발
효시킨다" 독백한다. 발효시킨다는 단어 속에는 중의적 의미
가 내포되었다. 슬픔보다는 기쁨, 불행보단 행복인 것 같다.

길 가는데
기우뚱거린다

마모 상태가 다른
구두 뒷굽

중심이 맞지 않아
제 짝이건만 불편하다

사람도 그러하다
인연도 그러하다

—「뒷굽 −짝」 전문

구두 굽, 불편은 누구나 체험한다. 시인은 길 위에서 진
리를 깨우친다. 분명 제짝이지만 형태의 변질로 불편을 유

발할 수 있다는 메시지이다. 구두 굽과 사람을 연결시킨 이
시는 교훈적이어서 효용가치가 있다. 어긋난 인연, 사랑 때
문에 흐느끼는 모든 독자를 포용하며 위로한다. "뒷굽"을
갈거나 신발을 새로 사거나, 대처방법은 자유겠지만, 인생
길은 기우뚱거릴 수밖에 없음을 인식시킨다. "사람도 그러
하다 / 인연도 그러하다." 결론적 단언은 진리에 가깝다 할
것이다. "제 짝이지만 불편하다." 양성 간 갈등 속에 있는
독자에게 깨우침을 선물한다.

오늘도 사리원엔
수많은 발자국들
머물다 사라져가고
그 발자국 뒤따라온 웃음들
식탁 위에 흩어져 뱃속으로 들어가고
마음을 흔드는 달콤한 소리들은
허공에서 회전하다 바람으로 사라져 갔다

내 안의 내 남자
온종일 어디로 떠도는지
그만,
끝내 오지 않았다

—「내 남자」 전문

이 시의 외형은 '한 남자'를 기다리는 정황이지만, 내포된 메시지는 불변의 사랑을 말하고 있다. 시의 독자에게 '그대 사랑하는 남자는 지금 어디에 있는가.' 말을 건다. 기다려도 오지 않는 남자에 대한 원망이나 불신보다는 사랑의 본질 면이 환기된다. "내 남자"를 부각시키려고, 온종일 떠들썩했던 음식점 분위기를 첫 연에 배치한 시적 기교가 돋보인다. 시인은 이 시에서 사랑은 한 곳에 묶어지지 않아 떠도는 본성이 있음을 깨우친다. 시적 정황과 배치되는 제목을 붙인 것은 시적 전략이다. 이리저리 떠돌던, 내 곁에 머물던, 그 사람은 "내 남자"라는 인연에 대한 인식이 아름답다. 한정된 지면 탓에 생략하지만 유승배의 시편들은 다양한 주제로 쓰여졌다. 「끈」, 「가을이 준 선물」, 「돌의 숨결」, 「동병상련」, 「눈 그리고 비」, 「낙엽의 노래」, 「갈증」, 「나무에게서 배우다」, 「나이 들어간다는 건」, 「다양한 표정」 등은 관심 있게 음미할만한 작품들이다.

4. 시의 특색, 사물의 본질 탐구

멀리 제주에서 왔다는
매끈한 무가 썩어버렸다
설령 사람의 뱃속으로 들어간다 한들
고운 형체 유지할 수는 없겠지만

그냥 있어도 썩어 버려지고
사람의 뱃속으로 들어가도
부패하여 버려지니
썩지 않는 것은 아무것도 없을 것이다

외출 준비
화장대 앞에서
버려진 무가 생각나
그냥, 립스틱만 발랐다

　　―「무 썩다」전문

　유승배의 시적 특색은 사물의 본질을 탐구한다는 점이다.
매끈한 무를 가지고 국을 끓이든, 채를 썰든, 맛있게 먹으면
족할 것인데, 그의 시적 탐색은 남달라서 깊이 있게 파고든
다. 처음엔 매끈했지만, 썩어버린 무를 바라보는 시인은 형
태의 변질, '썩음'에 대하여 의문을 가진다. 식품 창고 안에
보관되어도 썩고, 사람의 뱃속에 들어갔더라도 부패되어 배
설되는 본질에 주목한다. 3연 4행의 "썩지 않는 것은 아무것
도 없다"는 진리적 깨달음에서 허무에 젖는다. 본질 추적은
멈추었지만 썩은 무와 사람을 동일시하여 연결시킨다. "화장
대 앞에서 / 버려진 무가 생각나 / 그냥, 립스틱만 발랐다"는
결론으로 이 시는 마무리된다. 무도 썩고, 사람도 결국 썩는
다는 메시지는 모든 존재의 종말에 대한 탐구이다. 외출 전,

화려한 치장보단 '립스틱'만 바르는 행동으로 허무의식을 표출한다. 이 부분에서 시를 읽는 독자의 사색이 깊어질 수밖에 없다. 삶에서 죽음과 썩음은 운명이기 때문이다.

금년에는 밀가루 값이 올라
천원에 세 마리 밖에 주지 않았다

살이 올라 통통한 붕어
입에 물었더니
구수한 냄새와 혼합된 또 하나의 냄새
비릿하다

빵틀, 불꽃 위에서 구워졌지만
비늘도 있고
지느러미도 있어
물속에 던져 놓으면 헤엄칠 것 같다

끔벅거리는 눈빛과 마주쳤다
수초 우거진 강물로 돌아가고 싶은가 보다
붕어가 돌아가고 싶은 그곳은
우리 모두가 가야 할 강이 아닐까

—「강으로 가고 싶은 붕어빵」 전문

밀가루로 구운 붕어를 들고 강을 헤엄치는 붕어로 변신시킨 시적 동력이 빼어나다. 천원에 세 마리 준다는 표현을 보면, 이 시는 몇 년 전에 쓴 작품인 것 같다. 밀가루 값 폭등한 지금은 세 마리 이천 원으로 두 배 이상 상승한 상황이다. 이 시에서 감지되는 상상력은 무한하다. "불꽃 위에 구워졌지만 / 비늘도 있고 / 지느러미도 있어 / 헤엄칠 것 같다"는 표현에서 독자는 감탄의 미소를 짓게 될 것 같다. 시적 상상력으로 사물의 본질을 직관한 시는 흔치 않다. 무쇠 틀에서 구워진 밀가루 붕어의 본질은 넓은 강물을 헤엄치는 그 붕어라는 인식이다. 고로 밀가루 붕어의 입을 열어, 교감한 후에 강으로 돌려보내고 싶어 한다. 이 시에 등장한 강은 붕어의 본향인 동시에 인간의 본향이다. 유승배의 시적 메시지는 특색이 있다. 사물에 내재된 본질의 세계를 파고들어 추적하기 때문이다. 붕어가 돌아가야 할 곳과 인간이 돌아가야 할 사후 공간을 동일하게 인식한다. 형태가 변질되고, 재료가 바뀌어도 붕어는 강물에 헤엄치는 존재라는 것이다. 인간의 삶도 마찬가지 아닐까 싶다. 빈부귀천, 희로애락 등 삶의 모습은 다양하겠지만, 그 종착지는 동일한 공간임을 깨우친다.

5. 마무리

화자는 제4시집의 표제를 『가을 편지』라고 붙였다. 80여 편의 시가 수록된 이번 시집은 자신을 기억하는 독자, 상도동 〈사리원〉을 찾아주는 고객들에게 보내는 위로, 격려, 축복 메시지라는 의미가 내포된 것 같다.

찬바람 불기 전
무서리 내리기 전
숨결 느끼며 행복했다는 답장
꼭 보내주세요

사랑합니다

—「가을 편지」 부분

시의 독자로부터 "행복했다는 답장"을 기다리는 시인은 어떤 심정일까? 긴장과 설렘이 교차되어 행복하겠지만, 더 좋은 시를 써야 한다는 소명감은 어깨를 짓누를 것이다. 유승배 시인은 두 가지 양식을 만든다. 사리원의 주방에서 준비된 육적 양식과 자아 내면에서 숙성시킨 영적 양식이다. 화자의 시적 지향은 확고하다. 현실에서의 삶이 초라하여 보잘것없더라도 영적 공간에서 영원한 성공을 기원한다. 인간 사랑, 인간 애착이 강한 그의 시는 모두에게 유익한 상생의 언어이다. 인연 닿는 독자의 일독을 권한다.